紅蓮の華
bright red flower

あすま理彩
RISAI ASUMA presents

KAIOHSHA ガッシュ文庫

イラスト★一馬友巳

CONTENTS

★本作品の内容はすべてフィクションです。
実在の人物・地名・団体・事件などとは一切関係ありません。

——男に、抱《だ》かれる。

そんなことが自分の身に起こるとは、思ってもみなかった。

重《かさね》は明日、重を見初《みそ》めた男に、抱かれることになっている。それでも。

(…俺が、決めたことだ)

強制されるように、追い込まれたことであっても。

そう、思いたかった。ただ身に降りかかった不幸を、嘆《なげ》くだけなら誰でもできる。けれど、重の気持ちを奮《ふる》い立たせるのは、現実だった。

夜だというのに、まだ昼の熱が残っているようだった。ねっとりと残暑《ざんしょ》の湿気《しっけ》が、身体中《からだじゅう》にまとわりつく。うなじに浮かぶ汗に、髪が張りつくのが不快だった。

重は涼《すず》むためにシャツの前を開く。夜の空気、それは日中とは違《ちが》う匂《にお》いをもたらす。

(後ろは…誰もいないか)

重は後ろを振り返る。明日、身体を売る前の…最後の外出、逃げ出さないよう特に、見張られ跡をつけられていたような形跡はない。

(…ふ……)

ほっと安堵《あんど》する。身体から力が抜け、重はビルの一角《いっかく》に肩をもたせた。けれどそれが、束《つか》の間の安堵だということは、重はよく分かっていた。

もとより、重には最初から、逃げ出そうという気はなかった。それに、妹の居場所《いばしょ》が分かっている以上、逃げることができないことも、相手はよく知っている。

明日、重は元の場所に戻り、——男に抱かれることになるだろう。

夜になれば、繁華街《はんかがい》はその表情をまったく別の様相《ようそう》に変える。

表通りには着物に着飾った芸妓《げいこ》たちが、優雅《ゆうが》に染め抜かれた袖《そで》を翻《ひるがえ》し闊歩《かっぽ》しているはずだ。長いだらりの帯を翻らせ、情緒《じょうちょ》を感じさせる香が涼やかに漂《ただよ》い、かんざしが揺らめく……。

それに目を奪われ、立ち止まる人々もいる。優雅で豪奢《ごうしゃ》な世界は、これが現代であることを忘れさせるほど。彼女たちが、父の工房に来て着物を合わせるのを見て、その美しさに重は胸を弾ませたものだった。

自分を取り巻くのは、そういった世界だったはずだ。そして夜ともなれば縁側で庭の池に集まった蛍《ほたる》を楽しむ……。

風情ある情緒を感じるのは、家族で、縁側で吹き抜ける風を感じた時だったかもしれない。

今その風景は、自分の元にはない。指を通り抜ける砂のように、はかなく消えてしまった。だが、両親がいなくても、生きていかなければならない。それに、重は天涯孤独《てんがいこどく》ではない。

矢島重《やじまかさね》には、守るべき家族がいる。まだ七つの妹だ。重とは十《とお》違う。

重は今年、高校を卒業する予定だった。友禅絵師《ゆうぜんえし》だった父の工房に、修業に入ることが決まっていた。幼い頃から出入りしていた場所で、父から絵付けの手ほどきを受けていた。才能があると褒《ほ》められ、重も漠然《ばくぜん》とこの道に進むのだと思っていた。

だがわずかひと月で、重の幸せも将来も、すべて覆《くつがえ》された。

ある「事件」によって、父は死んだ。

何の罪もない父が、極道《ごくどう》同士の抗争《こうそう》の巻き添えになったのだ。

重は口の中で呟《つぶや》く。

(…極道は、嫌いだ)

父を亡くした後、重の元には借金の証文《しょうもん》だけが残った。母は既に亡く、重が一人で何年かけても返すと告げても、金融会社の人間はそんな悠長《ゆうちょう》な申し出を許しはしなかった。そして返済のために極道を使い、重を苦しめた。てっとり早く金になる方法として、彼らは重の容姿に目をつけたのだ。女性の芸妓を相手にする美しい御茶屋の闇《やみ》の部分で、男性を相手にする場所が存在するのを知ったのはその時だ。光の当たる場所の影で、必ず闇に泣く者がいる。

「こんなものが…」

重は自らの身体を掻《か》き抱《いだ》く。気の強さを表すようなきつい眼差《まなざ》し、細いがちゃんと上背《うわぜい》もある。しっかりと筋肉もついた身体には女性らしさの欠片《かけら》もなく、欲情できる人種がいるとは信じられない。だが、現実に、重に目をつけた男の申し出た額は、十七の男子が一晩で稼《かせ》げる金ではない。重は最初、もちろん申し出を跳《は》ねつけた。地道に働いて、苦しくても返そうと思っていた。

だが、金融会社の人間たちは極道を使い、まだ七つの妹にまで目をつけ始めて…、重は決意したのだ。さもなければこんな、身体を売る、などという真似《まね》は、決してしはしない。

明日、重は金のために、身体を売るのだ。

たった一人の家族を守るために。


「おい、誰に断ってここで客を取ろうとしている？」

壁に肩をもたせて立っていた重を、見咎《みとが》めた男たちが近づいてきた。

群れることでしか、力を誇示《こじ》できない奴らだ。下卑《げび》た嘲笑《ちょうしょう》を浮かべながら、重を取り巻く。

客を取る。

（……）

重は自嘲《じちょう》の笑みを浮かべた。自分ではそうとは思っていなくても、金で身体を売るような人種だという印象を、自分は与えるらしい。金で身体を売ることを、一度でも承知すれば、その気配や匂いというものは、自然に表れてしまうのだろうか……。

「客を取る？　だとしても、俺は相手を選ぶぜ」

肩をそびやかしながら見下げ果てたように言えば、男達の一人が、顔色を変えた。

誰の許可を得てこのあたりのシマで…と言ったところからも、彼らは極道の一人だろう。

しかも下《した》っ端《ぱ》の。

「何だとっ⁉」

男たちが重の肩を掴《つか》んだ。もとより多勢《たぜい》に無勢《ぶぜい》、無事で済むとは思ってはいない。けれど、重を破滅《はめつ》に追い込んだのは極道だ。極道への限りない嫌悪《けんお》と憎しみ、それが重にこの態度を取らせた。力で人を屈《くっ》しようとする、そんな卑怯《ひきょう》な真似に従わない人間もいるのだと、思い知らせてやりたかった。

「う…っ！」

重の身体が反転させられ、壁に胸が押し当てられた。背後から、抵抗できないように、両腕を抑えつけられる。

「こんな細い腕して…。よく虚勢を張ったもんだな。相手を見て言葉は選べよ」

背後から、男が身体を押しつける。

（う…っ）

生温かい吐息《といき》を首筋に吹きつけられ、重の背が気色《きしょく》悪さにぞくりと戦慄《わなな》く。

「ふん…勝手にしろ」

それでも、怯《おび》えているように見られるのは癪《しゃく》だった。たとえこの身を傷つけられても、極道の言いなりになどならない。絶対に。

だが、彼らは重に殴《なぐ》るなどの暴行を、すぐに加えようとはしなかった。

「綺麗な肌してるな、お前」

下卑た視線と口調に晒《さら》される。

「おや？」

その時、腕を押さえつけていた男が、重の爪先に目を留めた。

「…青くなってる。染料…お前、何か絵を描いてでもいるのか？」

この地の特色ともいえるだろう。三下《さんした》であっても重が思うほどの馬鹿《ばか》ではなかったらしい。

「だったら…右の腕を、折ってやろうか？」

（……っ⁉）

その言葉に、重の顔が青ざめる。

今まで何をやっても、平静《へいせい》さを崩《くず》さなかった重が、初めて動揺を顔に浮かべたのだ。男たちが、勢い、威勢を増した。

弱点を責めるなんて、任侠《にんきょう》の風上《かざかみ》にも置けない奴らだ。卑怯さを心の中で詰《なじ》っても、力がない自分を恨むことしかできない。

男の一人がぐ…っと、掴んだ重の腕に力を込める。

「やめろ…っ‼」

腕を折られてしまったら。重は力いっぱいもがいた。

それだけは…絶対に。

父が教えてくれた友禅の絵の付け方…その想い出も何もかも、奪《うば》われてしまう。

父を奪った極道によって、今度は、父との想い出も。

（く…っ‼）

「やめて、くれ…っ！」

重は悲鳴をあげた。だが、力では多勢に敵《かな》わない。男が重の身体を道路に引き倒す。上から重の右手を踏みつけようとした。

（右手だけは…せめて）

全身で右手を庇《かば》おうとしたその時、重の身体を押さえつけていたものが外《はず》れた。

「一人相手に大勢で、何をしている？」

低い声が響き渡った。重を押さえつけていた男達の動きも止まる。

（何……？）

重は顔を上げ、声のしたほうに目を向ける。

地面に這《は》いつくばった重には、磨き抜かれた靴の先だけが見えた。視線を上げていくと、残暑厳しい折だというのに、ビシッとスーツを着こなした男が立っていた。一分の隙《すき》も見られない。

（何者だ、こいつは……）

威風堂々《いふうどうどう》とした男だった。数人の男を前にしても、それは怯《ひる》むことはない。

男同士の喧嘩は、見て見ぬふりをしたり、関わり合いになるのを避けるものだ。一方的に重がやられているのを見てわざわざ声を掛けてきたことからも、男はどうやら理不尽《りふじん》なものが嫌いな性質《たち》らしい。

しかも、極道だと分かる格好をした男たちに、あえて声をかけるとは、相当腕《うで》っ節《ぶし》に自信があるか、無鉄砲《むてっぽう》かのどちらかだろう。そして、彼の態度には、余裕と自信が窺《うかが》えた。

こんな裏道にはいそうもないタイプだ。重は咄嗟《とっさ》に見て取った。

綺麗に揃《そろ》えられた髪、逞《たくま》しくバランスのいいスタイル、高い鼻梁《びりょう》、落ち着いた気品めいた気配を漂わせた瀟洒《しょうしゃ》なスーツ姿…。真《ま》っ直《す》ぐな眉《まゆ》は男らしく、エリートを身に纏《まと》ったような男だ。だが、どことなく頼もしい力強さ、男としての「力」を彼からは感じる。

「なんだ、てめえ…」

エリート然とした男は、暴力に訴えたりはせず、静かに睨みつけた。厳しく冷たい双眸《そうぼう》は、一睨《ひとにら》みで相手を黙らせる迫力がある。

「お、おい…」

重を襲った男達の腰が引けている。新たに現れた男の漲《みなぎ》らせる気配に、圧倒されている。目だけで相手を黙らせる迫力は、どのようにして身についたものだろうか。数々の修羅場《しゅらば》をくぐり抜けなければ、こんな眼《め》は身につかないだろう。付《つ》け焼刃《やきば》の迫力ではぼろが出る。知らなければいい世界を、垣間《かいま》見たような気にさせられる。

多少貧しくても、職人とはいえ普通の家庭に育った重には、知らない世界だ。

友禅は時代と共にその工程を省《はぶ》き、手描きではない機械ものが、今は主流だ。父のような友禅の絵師の中でも、名前で売れるのはほんの一握《ひとにぎ》りだ。そしてその名前があっても、高価すぎる友禅は一部の記念品として売れることはあっても、毎日のように販売できるわけではない。時代の流れに押され、重の家も工房を続けるのに精一杯になり…。

その中、やっともらえた仕事が…。

茶道の家元《いえもと》の若宗匠《わかそうしょう》の婚姻に納める、友禅の仕事だった。名指しで、父が選ばれたのだ。

『これで運が向いてきたぞ』

工房を続けていく資金も、借金も返すことができて、順風満帆《じゅんぷうまんぱん》にいくのだと、信じていた。

なのに。極道の抗争のとばっちりを受け、父は亡くなった。

「相手を見てものを言え。俺はお前たちのかなう相手じゃ、ないんだよ」

男は堂々と言い放つ。挑発しても、男たちは重に対するときとは違い、何も言い返せない。

それなりに腕っ節に自信がありそうな男は、自分より強い男を見抜くのだろう。

「お、おい…」

「ああ」

彼らはお互いに目配《めくば》せをすると、後退《あとじ》さる。

「お、覚えとけ！」

三人いてもまるで尻尾《しっぽ》を巻いたように、彼らは小走りに立ち去っていく。

「おい、大丈夫か？」

一人残った男は、重の腕を掴んで引き立たせた。

「相手を見て、か。数人で一人を相手にするような真似をするから助けてやったが…。本来なら、勝手に人の場所を荒らし、商売をしようとしたお前にも、非はある」

男も、重が身体を売ろうとしていたと、信じて疑わない。自分を取り巻く環境の変わりように、暗い絶望が広がる。そして、表面だけで自分を判断しようとする男たちにも。

いや、彼らを責めるのは酷《こく》かもしれない。どれほど親しいと思っていても、言葉にして伝えなければ、伝わらないこともある。ましてや信頼関係も何もない一見《いちげん》の男に、重の事情を分かれという方が難しい。

「うるさい。あんたには関係ないだろう？　俺が誰を引っ掛けようが」

このひと月、重は金がない者に対する、世間の掌《てのひら》を返したような仕打ちと、金も権力もない人間の力のなさを、嫌というほど思い知らされてきた。

それに、父の死には、「ある不審《ふしん》な点」があったのだ。

それは、父のそばにいて、友禅の手ほどきを受けていた、重しか知らないことだ。

父が亡くなった後、茶道家元の婚姻に友禅を納める仕事、それは美杉《みすぎ》という老舗の工房のものになったのだが、その柄は、父の描いたものに、そっくりだったのだ。

重が父の死に疑惑《ぎわく》を抱いたのは、その時だ。

だが、いくら不審な点があるといっても、警察は、重の証言に取り合おうとはしなかった。

何も信じられない。たった一人、自分だけを信じて生きていく他は。

そう重は思った。今でも、父が死んだ時の夢を見る。その現場を見てはいないのに。

男に、関係ない、と言い返したのは、八つ当たりかもしれない。目の前の男も、重を客を取る人種なのだと決めつける。結局は、重の言うことなど信じず、力あるものに迎合《げいごう》するだけの男なのだろう…。

なぜか、男には反発しやすかった。

「助けてやったというのに、ずい分な言い草だな」

男が苦笑《くしょう》する。まるで相手にもされていないような気分を、味わわされる。

「…目立つな、お前。そんな容姿をしている自分を、恨《うら》むんだな。お前はこんな場所に立つには、荷が勝ちすぎる」

男は、重を見下ろすと、意外なことを言った。

「え…?」

「あいつらも、どうでもいい相手なら、絡《から》んだりはしなかっただろう。だが、お前だったから、放ってはおけなかったんだろうな」

一体、どういう意味だろうか。

「助けてくれたことは感謝するよ。ここがまずいってのなら別の場所に行くから、…あっ!」

別の場所に行く、そう言った途端、男は重の腕を掴んだのだ。

「そんなに男に抱かれたいのか?」

咎める言葉が、重の胸を抉《えぐ》る。

「だったら?」

口《くち》の端《は》に笑みすら浮かべて、挑発するように重は言った。自分に、こんな表情ができるとは思わなかった。

「だったら、俺が抱いてやる」

(っ!?)

衝撃《しょうげき》と戦慄《せんりつ》が、重の背を走った。目の前の男には、そういう趣味《しゅみ》があるのだろうか。そうは見えなかった。裏通りを歩く男にも。そして、重を相手にするような男にも。でも。この時の自分は、自棄《じき》になっていたのかもしれない。身体を売るように言われ、道を歩いていても、身体を売る人種だと誤解される。

本当にそんな匂い、がついてしまったのなら、いっそ本当にしてしまってもいいかもしれない。明日、どうせ見ず知らずの男の相手をするというのなら。

「…いいぜ。でも、助けた礼だ、なんて言って、代金を踏《ふ》み倒《たお》すなよ」

「ああ」

（…っ）

男はあっさりと頷《うなず》く。重に心変わりを与える隙を与えずに、男は重の腰に腕を回した。

男は、不動《ふどう》とだけ名乗った。そして、重も名前を告げた。年を聞かれ、…十七とは言わずに、成人していると嘘をついた。重が肩をもたせていた壁、それはそれ目的のいやらしいホテルだったらしい。迷ったり、躊躇《ちゅうちょ》する間も男は重に与えず、浴室へと叩《たた》き込んだ。

「泥《どろ》だらけだな、この服も」

不動は言いながら、重の服を脱《ぬ》がした。

「…別に、逃げ出したりしないから、出てってくれよ」

「ふん、…」

そう言えば、男はあっさりと浴室を出て行った。

一人シャワーを浴びながら、重は今の自分を取り巻く環境を、現実味《げんじつみ》なくとらえていた。

不動は、重が出てくるのを、ベッドの上で待っていた。


不動は重に、金を払ったものに対する扱いをした。

「ん…ふ、んん…っ、ん」

重は不動のものを咥《くわ》えさせられた。いくら舐《な》めても吸い上げても、不動は達《たっ》しない。最初は、その迫力に怯えた。だが、慣れている振りをした以上、そうとは見せられない。目の前には、赤く脈動を漲らせた雄々《おお》しい怒張《どちょう》がある。それは重自身の唾液《だえき》を絡みつかせ、ぬらぬらと光っていた。勃起《ぼっき》した生々しいものを、眼前《がんぜん》で見せつけられたのは、これが初めてだ。

(あつい…)

口の中にどっしりとした質感を与え、重は何度も含むことができずに口腔《こうこう》から吐き出した。そうすると顎《あご》を取られ、無理やり含むよう引き戻される。茎《くき》に手を添え、扱《しご》きながら先端《せんたん》を舐め上げる。口腔を暴れる男根はぴしぴしと重の粘膜を打つ。

(俺…こんなの…)

目に入らないようにしても、咥えていてはどうしても見えてしまう。太い雁首《かりくび》、そこから繋《つな》がる太い茎…黒々とした根元の茂み、勃起したものはやけどしそうなほどに熱く、淫猥《いんわい》な動きで重を責め立てる。男のものを舐めさせられる…それは、否《いや》が応《おう》にも重を興奮に叩き込む。四つん這いになり、男に奉仕させられている。そうしながら、重は自らの下肢《かし》が熱くなるのを感じていた。

「咽喉《のど》まで飲み込むようにして、…顔全体を前後させて舐めろ。お前の後ろの孔《あな》に突っ込んでる感覚がするように、口の粘膜で包み込んで、出し入れするんだ。口で先っぽだけ舐めてたって、俺を達《い》かせられないぞ」

（そんなこと…しなければならないのか…?）

ぼう…っと重の頭が霞《かす》んでいく。男のものを舐めさせられている羞恥《しゅうち》と、息苦しさと。目の前のものは、使い込まれているように、赤黒く、生々しい。同級生の中にも、こんなに立派なものを持った男は、いなかったようにも思う。

（大きい…）

奇妙な興奮が重を包み、重は必死で男根を咥えた。次第に夢中になって、舐め、絡みついた唾液を啜《すす》る。

「先っぽを舐めるだけじゃない。茎に舌を…舐め下ろしてみろ」

「ん…」

命じられるまま、重は口腔から雁首を外し、太い茎を赤い舌で舐め下ろした。何度も舌を上下させる。

「手がさぼってるぞ。茎を掴んでいた手はどうした?」

促《うなが》され、重は今度は男根の先端に指を置いた。先端を揉《も》みしだき、掌で包み込みながら、舌で茎をべろりと舐める。重の紅い舌が、赤黒い男根を、横笛を吹くように上下する…。

「男のものを咥えて、そんなにいいか? お前もどうやら興奮しているらしいな」

(俺…あ…)

不動が低く笑う。初めての行為は、重の劣情《れつじょう》を刺激した。

(どうしてだ…)

身体の奥がじん…と疼《うず》いた。男も、重の愛撫《あいぶ》で勃起している。充分に勃《た》ち上がったものを見せつけられて、重の身体が熱く火照《ほて》り出していた。それは、初めて知った興奮だった。掌の中で、どくどくと脈動が逞しさを漲らせている。重はそれを言われるまま頬張《ほおば》る。後ろの孔の中を行き来しているようにと言われたとおり、重は何度も口腔の中でそれを出し入れする。

「けほ…っ」

不動のものが重の咽喉をつき、思わず咳《せ》き込んでしまう。

「下手だな。お前本当にそれで、客を満足させられていたのか?」

「うるさ…っ」

「まあいい。あっちの締《し》まりがいいってこともあるからな。そうじゃなければ、客も納得しないだろう」

充分に奉仕させた後、…不動は重の腕を引き上げると、胸元に引き寄せた。

「あ…っ」

勢いあまって、不動の胸に頬を押し当ててしまう。

…広い胸だった。温かい胸の感触、それは亡くなった父が、重に与えてくれていたものだ。それよりもずっと、不動の胸は広く、大きかった。そして、逞しかった。

「あんたも…無粋《ぶすい》な格好はしてるなよ」

シャツを纏ったままの彼がもどかしく、重は想像の商売女を真似るようにして、ボタンを一つずつ外していった。直《じか》に指先で肌をなぞり、官能を煽《あお》るように振る舞ってみる。

シャツの前を開けば、胸元には幾《いく》つかの傷が見えた。

(……?)

かなり古い。しっかりと塞《ふさ》がり、それは既に跡だけになっている。

胸にある傷は、一体どうしてついたものだろう。そんな傷がつくような男には見えない。重を助けた時、彼は上品なスーツに身を包んでいた。前髪をきちんと上げ、髪は綺麗に切り揃えられていた。大人の、…男らしい男。極上《ごくじょう》の男だ。だが、重を助けたときの身のこなしといい、もしかしたら武道のたしなみくらいはあるのかもしれない。試合か練習で、ついたものならば納得がいく。

シャツを肩から引き下ろそうとしたところで、彼は重の指を止めた。

「焦《じ》らそうとでもしているつもりか?」

「そんな…つもりは」

確かに、重がボタンを外す動作はゆっくりだった。それは人のシャツを脱がすという、慣れない行為のせいだ。

「さっさと濡《ぬ》らせよ。客を取るんなら、自分でオイルくらい用意してるんだろう?」

挿入《そうにゅう》を示唆《しさ》される生々しい言い方に、重の肌が震えた。不動は冗談ではなく、重に挿入を伴《ともな》ったセックスを望んでいる。口に含んだ不動のものは大きく、とてもではないが重に入るとは思えない。多分、そのまま挿入すれば、重の大切な場所は傷つき、壊れてしまうだろう。

「…オイルは、持っていない」

もとより、自棄になって街に出たようなものだ。そんな重が用意などしている筈《はず》もない。それに、まさか本当に自分を買う相手が、いるとも思わなかった。

そして、生々しく男根を挿入されるセックスを、望まれるとも。

震える肌を悟られぬよう、重は口を開いた。声が震えないか気になるが、思ったより平静な声が出たことに安堵する。

「仕方ないな」

冷静な声が室内に響いた。

不動は用意のない重に、そのまま挿入するのだろうか。

そう思って身構えるが、不動はベッドサイドのテーブルの下の扉を開けた。コンビニのボックスのようなショーケースがあり、会計はお帰りの際に…そんな但《ただ》し書きがある。

「準備のいいホテルで、よかったな。たまにコンドームしか置いてないホテルもある」

不動の手には、小さな瓶《びん》が握られていた。

「さっさとしろよ。いきなり突っ込まれたくはないだろう？　そのくらいの礼儀と思いやりは見せてやる」

尊大《そんだい》な口調で、不動が言い放つ。重は掌に小瓶を握らされた。軽いはずのその小瓶が、今はずっしりと重い。

「…ちゃんと、今日の料金は払ってくれるんだろうな？」

重はしっかりと念を押す。助けた礼だと、引き換えにされてはかなわない。

「それほど金に卑《いや》しくはないつもりだ」

不本意そうに、不動は鼻を鳴らした。確かに。彼の時計は有名なブランドもので、シャツも手触りが違っていた。スーツも光沢があり、吊るしで間に合わせたようなものとは全然違う。それに、不動の身体に合ったものを、探すほうが面倒だろう。

小瓶の蓋《ふた》を開け、指先にとろりとした液体を垂《た》らす。小瓶に印字された下品な煽《あお》り文句は、見ないようにした。のろのろと指先を、蕾《つぼみ》に這わせる。

「もったいぶるな。せっかくだから見せてみろ」

「な…っ」

不動が重の両膝《りょうひざ》を掴んだ。大きく彼に向かって足を開かされてしまう。

ベッドの隅に追い詰められ、背に枕とベッドヘッドの木の感触が当たった。シーツに座り込んだまま、大きく両脚を不動に向かって開く。…既に、重のものも、頭をもたげ始めている。この状態の身体を、人に見られるなど初めてだ。

(う…)

強烈な羞恥が突き抜けた。裸になり、シーツに座ったまま両脚を大きく相手に向かって広げている…。…恥ずかしい部分を人前に晒す羞恥は、興奮を煽る媚薬《びやく》になる。

恥ずかしいのに、重の身体は興奮し始めている。

「綺麗なピンク色だ。商売に使ってる割には、それほど使い込んでるようには見えないな」

値踏みするような視線が、重の大切な部分に這わされる。恥ずかしさに、眩暈《めまい》がしそうになった。全身は既に薄桃《うすもも》色に上気《じょうき》している。口ではいくら強がりを言おうとも、肌が本音を晒している。肌の色までは、隠すことができない。

「別に、見なくてもいいだろう?」

強い眼光がいたたまれなくて、重は膝を閉じようとする。けれどすぐに、不動によって制止させられる。

「あう…っ」

「何を言う。金で買った以上、その時間は俺には、お前を好きに扱う権利がある。客が見たいといったら見せるんだ。それがお前がやってることのルールだ」

商売で客を取る、重の行為を咎めるように、不動が言った。

「一度連れ込まれたらそいつがお前を縛《しば》りつけて痛めつけるのを好むセックスをしたとして

も、お前は逆らえない。そういうリスクを伴っての高収入だ。俺が寛大《かんだい》な人間であることを感謝するんだな。従わないことで激昂《げっこう》し、お前に暴力を振るう男がいないとも限らない」

自分が、甘く考えていたことを知る。

「お前を今まで買ってきた男たちは、ずい分お前に甘かったんだな。咥えるのも満足にできない。手管《てくだ》も不器用でその気にさせるのも上手とは言えない。分《ぶん》を弁《わきま》えてさっさと別の職業に引っ込んだらどうだ？」

「何を…！」

小馬鹿にした物言いが重の癪に障《さわ》った。自分が街に立ったのは、…この年令でもできる高収入の口が、他にはなかったからだ。コンビニ、ファーストフード、…どれも収入は、高校生ではたかが知れている。真面目に禄《ろく》を稼ぐにはいいかもしれない。だが自分には、病気を抱えた妹がいる。ただ口に糊《のり》して住む場所を確保し、たった一人生きていくのと、わけが違うのだ。

悔《くや》しかった。負けん気でも意地でもなく、妹を守りたい、それが重を突き動かしていた。

「く…っ」

重は透明な液体をたっぷりと指に塗りつけ、蕾に指を挿入した。商業用の液体はそれを目的に作られているからか、重に痛みを与えなかった。あるのはただの、異物感だ。

躊躇すればより苦悶《くもん》の時間が続くと思い、重は一息に根元まで指を入れた。

「一本でいいのか？　もっと柔《やわ》らかく解《ほぐ》して、開けよ」

淫猥な命令が下される。命じられるまま、重は人差し指に続いて、中指を埋《う》め込んだ。中でぐり…っと指を抉《えぐ》り、入り口を開くようにもしてみた。

「う、う…」

くちゅくちゅと自分の中が、音を立てている。それも、自らの指の動きによって。

男を知らない部分を、自ら広げることを強要される。不動は、自らの指で重の身体を柔らかく解して…そんな甘い真似はしなかった。重自身に、解すように強要し、拡がるのを待っている。そしてただ、不動自身は男根を挿入して欲望を果たす、そういうふうに重を扱った。だから、勃ち上がらせるのにも重の口腔を使い、その後は、重が痛くされたくなければ自ら広げて待てと命じられる。

今から、ここに不動の男根を入れられるのだ……。

恐怖とともに、奇妙な興奮が、身体を包み込んでいる。恥ずかしいのに、身体がはしたない反応を見せ始めているのは、事実だった。

「う…っ」

指で中を抉れば、意識せずとも嬌声《きょうせい》めいた吐息が洩《も》れた。それは圧迫感を軽減するために、本能が見せたものかもしれない。指を埋め込み、中を掻き回す重を、不動は見つめている。

こんなことが、自分にできるとは、思わなかった。

「後ろはいいか？　いやらしい身体の才能はあるみたいだな。後ろを弄《いじ》って前を勃たせるなんてな」

言葉で責められ、重の肉杭は硬さを増す。先端からは淫液が滲《にじ》み出していた。恥ずかしさが官能を煽るということを、重は初めて知った。これ以上言葉と視線で煽られたら、恥ずかしさのあまり死んでしまう……そう思う前に、不動は口を開いた。

「そろそろ、いいか？」

ある程度重が広げるのを待った後、不動は重に声を掛けた。

「…ああ」

拷問《ごうもん》のようなこの時間が終わるのなら、いっそさっさと貫《つらぬ》かれてしまいたい、そうも思った。痛めつけられ、無茶苦茶にされたほうが、ましだと思うくらいの時間だった。

「あ…っ！」

シーツに座っていた重の身体を、不動が強い力で自らの身体の下に引き込む。

「…俺を、中で達かせてみせろよ」

…男のものを、重の中で。

今から重は、男のものを自らの中に受け入れ、中で達かせなければならないのだ。

すぐ間近に、不動の顔がある。組み敷《し》かれ、仰《あお》向けで不動を見上げた。こんなふうに男に身体を組み伏せられることなど、今までにはなかったことだ。見下ろされる姿勢に、征服者としての不動の余裕を感じた。そして、重は彼にこれから、征服されるのだ。道具のように大切な部分を扱われるのだ。そこに、重の人間としての意志は存在しない。

両脚を広げられ、硬いものが押し当てられる。長大なものが、重の中に潜《もぐ》り込んできた。

「あ…！」

声が自然にあがった。

蕾が、限界まで広げられるのが分かった。すさまじい圧迫感と、壮絶な痛みが走った。

それは、こらえきれないほどのもので…。

(熱い…引き裂《さ》かれる…っ)

「おい、どうした？」

動きを止めた重に、戸惑ったように不動が問う。

「合わせろ。息を吐け。受け入れる方法が分からないなんて言うなよ」

そう言われても、重は震えるばかりだ。焦れたように不動が腰を突き入れてくる。

太い、そして灼熱《しゃくねつ》の棒を埋め込まれたみたいに、熱い。全身の神経が、繋《つな》がるその一部分に集中していく。

(痛い…っ、いた、いやだ…っ!!)

「う、あ…！　やめて、やめてくれ…っ！」

力ずくで挿入《そうにゅう》され、重は痛みに悲鳴をあげた。初めて、…涙《なみだ》が零《こぼ》れた。

「や…っ。い、痛い。痛い。だめだ。許して、くれ…！」

ずっと崩せなかった強さ、それが猛《たけ》った男根に突き崩される。

焼けつくような痛みが走った。広げる方法もわからず、ただ液を塗りつけただけの蕾は、充分に解れてはいなかったらしい。

重は無我夢中《むがむちゅう》で叫んでいた。不動のものは、強がりを演じ続けるには大き過ぎた。そして、商売相手にするように抱く不動のやり方は、初めての重には酷《こく》過ぎたのだ。

「不動さ、…っ、う、う」

プライドも意地も、何もなかった。ただ、この苦痛から逃れられるなら、何でもする。

そのくらい壮絶な痛みと、圧迫感だった。相手に対する信頼も愛情も何もなく、身体をただ開かれることが、こんなに怖いことだとは思わなかった。

「う、う…。だめ、だ。俺は、こんなこと…」

男に抱かれることを、どれだけ甘く考えていたのか、重は知った。妹のために耐えられる、そう思っても、この苦痛は、重のプライドを覆すのに充分だったのだ。

首を振って涙を流し、震える重を見下ろした不動は、動きを止めると口唇を…重のこめかみに落とした。

「…馬鹿だな、お前」

「あ…」

柔らかく、口唇で雫《しずく》を拭《ぬぐ》われる。そして、そのまま重のこめかみに張りついた髪をすくった。彼は、重を傷つけようとはしなかった。強引に埋め込まず、何度も重の頬に、額に口唇《くちびる》を落とした。そして重の身体から、次第に強張《こわば》りが解けたのを見計らってから、ゆっくりと最後まで己《おのれ》のものを埋め込んだのだ。

「あ……」

不動は、重の前を弄るのも、忘れなかった。

汗の浮かぶ肌に掌を這わせ、愛撫を存分に施《ほどこ》し、しっかりと官能を煽るようにしながら、重の後ろを突いた。

「あ…」

じん…と初めて、官能の欠片のようなものが、重の身体に灯《とも》った。

不動は重を、感じさせようとしている……。

彼は、やり方を変えたようだった。口唇を肌のあちこちに落とし、肌を情熱的に愛撫し、傷つけないよう、男根も抜き差しより、腰を柔らかく回すように蠢《うごめ》かす。

(あ、か、感じる…)

初めて男に突かれ、重は感じた。前に快感が響き、重のものも勃起し始めている。

「あ、あ…」

男に抱かれたことのなかった重は、それだけでよがり乱れた。肌に口唇を落とされ、じっくりと時間を掛けて柔らかく突き上げられるやり方は、壮絶に淫靡《いんび》で、内壁《ないへき》が痺《しび》れて蕩《とろ》けそうになった。

不動の慣れた抱き方は、巧《たく》みだった。初めて男を受け入れる相手に、男に抱かれることを慣れさせるように、感じさせ蕩けさせ、自ら足を開くように仕向ける。

「あ、あ…っ」

声が次第に甲高《かんだか》くなり、嬌声と呼ばれるものに変化した。堪《こら》えて口唇を噛《か》み締める吐息では、男を興《きょう》ざめさせる。

いつのまにか、重は前を、浅ましく不動の下腹に擦《こす》りつけてしまっていた。重が後ろで感じているのを知ってからは、あえて不動は重の前を触らない。

もっと強い刺激が欲しい。焦れた肌は、男を欲しがっている。貪《むさぼ》るように後ろの肉を締め、重は肌を震わせた。

（い、いい…っ）

初めてなのに、重は後ろで感じた。男に抱かれることが、これほどの悦楽《えつらく》をもたらすことを、重は不動に、初めての男に、知らされたのだ。

「男に抱かれるのを、…俺がじっくりと慣らしてやるよ」

低い笑いが耳に掠《かす》れる。だから俺以外にその身体、触れさせるな、堕《お》ちゆく意識の中で、不動がそう呟いたような気がした。彼にとっては、新しい遊戯《ゆうぎ》が始まったのかもしれない。処女《しょじょ》を手なずけ、男に抱かれる方法を仕込んでいく…。

その晩、重は父を失ったときの夢を、見なかった。


朝、目覚めた重は、自分に巻きつく腕に驚く。慌《あわ》てて起き上がろうとして、ベッドに再び身体が沈み込む。

「腰が立たないんだろう？　無理するな」

「何…っ」

き…っと睨みつけようとして、そこにある顔に絶句する。整った眉《まゆ》、後ろに整えられた前髪は、今は朝らしくほつれている。

この男に、自分は抱かれたのだ。

男に、抱かれた。

自分が性的な対象になることは、ホテルの前で絡まれて、嫌でも自覚させられた。だが、本当にそれが、現実のものになるとは、思ってもみなかった。

「起き上がれないなら、寝てろ。支払いは余分にしておいてやる。ちゃんとしたルームサービス…なんてものは期待できないが、コンビニまがいの軽食なら、このホテルは届けてくれるようだぞ」

テーブルの上に、簡単なメニュー表が置かれていた。男は起き上がると、シャワー室へと向かう。それを見送ると、重はシーツを肩まで被《かぶ》った。

男は仕事があるのか、手早くシャワーを浴びると、スーツを身に着ける。無駄な動作はなく、機敏な態度は、社会で成功しているある種の人間を思わせる。まだ自分は、この男が不動ということだけしか知らない。しかもそれも、偽名《ぎめい》かもしれない。だが詮索《せんさく》する必要もない。もうすぐ、この男と自分は別れるのだ。

初めての男だということに、感慨《かんがい》を覚えるほど情緒ある人間のつもりもないが、一抹《いちまつ》の寂しさを感じるのは、…彼が自分の憧《あこが》れるすべてを持った、男だからかもしれない。

頑健《がんけん》な体躯《たいく》に、自信に溢《あふ》れた態度、男らしく野性的な身体…。それに引き換え重は、華奢《きゃしゃ》で肉付きも薄く、艶《なま》かしいと形容される肌に、艶《つや》やかな口唇、どれを取っても野性味溢れる男とは言い難い。

パチリ…。男が腕に時計を嵌《は》める。その仕草も洗練されていた。

場末《ばすえ》の、安っぽいそれ目的のホテルでは、その存在は浮き上がって見える。

彼の恋人ならば、こんな場所に連れ込まれたりはせず、もっと高級な場所に連れて行かれるだろう。スイートくらい取るかもしれない。だが、重は薄い毛布とシーツにくるまれ、ぎしぎし音を立てるスプリングの上で、初めて彼に抱かれた。

…惨《みじ》めさが込み上げる。それでも悪い想い出にならないのは、彼が極上の男だからだ。

「俺は仕事があるから、先に行く。お前の身体を洗ってやってもよかったんだが、あんまり気持ちよさげに寝てるからな。起こせなかった」

「…そう」

父を亡くしてからずっと、重はゆっくり眠ることがなかった。だが昨夜は広く温かい胸に、ずっと包まれていたような気がする。そのせいか、重はうなされることもなく、一度も夜に起きることもなく、眠ることができた。

出て行こうとする男を見送ろうと、重は軋《きし》む身体をベッドの上に起こす。重が起き上がると、不動は内ポケットから、財布を取り出す。札の束が、重の前に置かれた。

気を失った重を置いて出て行ってもよかったのに、彼はそうしなかった。

「こういうことを聞くのはルール違反《いはん》かもしれないが…。なんでお前、身体を売ろうなんて思ったんだ?」

「…別に」

彼に言っても仕方がないだろう。これきりで、彼とは終わりだ。もう会わない相手に、自分が死ぬほど苦しんだ出来事を、告白する必要もない。いや、もしかしたら、自分だけが抱えていたものを、彼にだけは、吐露《とろ》してしまうかもしれない。

それが恐ろしかった。気丈《きじょう》に自分を支えていたものが一度崩れてしまえば、今までのように虚勢を張って生きていけなくなるかもしれない。

彼にすがり、泣いてしまうかもしれない。自分を苦しめていたものを、重は誰にも告げられず、一人で抱えて耐えてきた。うつむいて、重は口唇を噛み締める。

「また、本当のことは言わない、か」

男に抱かれたことなんかないくせに、抱かれた振りをした。

だんまりを決め込む重を、不動は追い詰めようとはしなかった。

「次はいつがいい?」

「え?」

はっと重は顔を上げた。

「俺がお前の身体を買ってやる。お前は変態親父の相手なんかしなくても済む」

しごくもっともな理由を、不動は告げる。

自分は、彼を満足させられたのだろうか？

いや、もしかしたら、彼は慣れない身体を開発するほうが、好きな嗜好《しこう》を持つのだろうか。

「本当にまた、俺を買うのか？」

「相手が俺では不服《ふふく》か？」

「そんな…ことはないけど…」

不動が重に歩み寄る。

「お前の身体の状態と都合くらい聞いてやる。だが、拒絶だけは聞けないな。日にちと時間を言え」

強引な命令だ。

「あ、さって…ここ、で…」

さすがに今夜も挑《いど》まれるのは、恐ろしかった。

「分かった。昨日お前を買った時間、それでいいな？」

夜の九時を回っていたように思う。重には、それでも異存《いぞん》はない。

「不動さんこそそれでいいのかよ？　俺が待っていても、あんたこそ来ないんじゃないか？」

「そう思いたければ思えばいい。だが、俺は来る」

不動はきっぱりと言い放つ。金を支払った時のことといい、約束事は守る性質かもしれない。まだ、彼がどういう男なのか見えない。ただ、自分を抱いた時の彼しか、知らない。

「お前がきちんと来れば、今日の金額をずっと払ってやる」

重は目を見開いた。一度きりの戯《たわむ》れではなく、重にこれほどの金額を、払い続ける意志が、彼にはあるらしい。上等な男というだけではなく、気前《きまえ》もいいらしい。

「だが一つ条件がある」

「何…？」

「俺以外の客を取るな」

「…っ!?」

「まあ、昨日の様子じゃ、それは難しいだろうが、な」

昨晩の情事が思い出され、重の肌が火照る。

「お前が他の男の跡でもつけてきてみろ」

不動の声が低くなる。

「俺はお前を、縛りつけて抱いてやる」

そう言ったとき、不動の目に鋭《するど》い光が宿《やど》ったような気がした。

「いい子で、…俺に抱かれるのを待ってろ」

そして、ねっとりと口唇が、塞がれた。


約束の時間に、不動は現れた。

一昨日《おととい》もらった金を重は、重を売ろうとした男に渡した。それは、重を売る予定の額よりもいい額だったらしく、…その晩、男は重に無理に客を取らせようとはしなかった。それに、男は重が金を作ってきた事情を訊ねなかった。金さえ手に入れば、どうでもいいのだろう。

当座のしのぎにはなったものの、まだ証文に残る額はある。

別に操《みさお》を立てるような殊勝《しゅしょう》な真似をしたつもりはない。重自身が、彼が一番利益になると、踏んだからだ。あの広い胸で得た一瞬の安らぎを、手離せなかったわけではない。

重は否定する。

最初は、…恐ろしかった。初めて男を受け入れさせられた時、充分に感じさせられはしたけれども、不動の大きく脈動したものが、再び入るかは不安だった。

最初、引き裂くような痛みを、重にもたらしたのだ。それが繰り返されるのが怖い。

でも、不動以上の収入をもたらす当てはない。

母を亡くし、今また父を亡くし、特に頼れる親類がいたわけでもない重と、…極道の抗争に巻き込まれて死んだという父の死の事実が、重を受け入れる場所を狭《せば》めている。

誰とも関わり合いになりたくないというのに、重は収入源を、失っている。

その中、不動は自分の生活と、妹を助ける一時《いっとき》の綱になるはずだった。

自分一人ならば、たとえ泥水を飲んででも、生き抜いてみせる。そして、父の死の真相を、突き止めてみせる。でも、金は。

妹の、ため。

そう思って、引き裂かれる恐怖に怯えながら、重は不動に身を投げ出したのだけれども。

「どうだ？　痛くはないだろう？」

「うん…でも、奥まで届いてて…」

「ん？」

「突き刺さってるみたいで…あんまり…」

受け入れることはできたものの、すぐに感じる…まではいかない。すると、不動は受け入れさせたまま、ゆっくりと馴染ませるように腰を回した。

「あ…っ」

「動かしたら、どうだ？」

小刻《こきざ》みに身体を揺すぶり様々な角度で内壁を突き、重の感じる粘膜を探り当てようとする。

「あ、」

「ここか？」

「ん、そ、そこ…あ」

不動は重を感じさせるように、抱いた。

重の蕾の状態を調べた後、重に負担を掛けないように抱いた。

意外だった。ただ、重が充分に解れなければ、己が苦痛を感じるだけだと、思ったのかもしれなかったが。二度目の逢瀬はこうして終わった。そして。

それからも、頻繁《ひんぱん》に呼び出され、重は彼に抱かれるようになった。

「あ、んん…あ」

何度か身体を重ねるうちに、苦痛の吐息は既に、自分でも嫌悪するくらいの、甘ったるい吐息に変わった。

自分がまさか、こんな声をあげられるなんて、思ってもいなかった。

「お前は、…こうして俺に抱かれているだけでいい」

重を官能の淵《ふち》に叩き込みながら、必ず不動はそう耳元で囁《ささや》いた。

本当に、そう思い込まされてしまいそうになる。若い身体は順応も早く、すぐに男に抱かれる官能を学び取った。それに、不動という男の巧みさにも舌を巻く。

重を男に抱かれるのに、…男の愛撫に溺《おぼ》れさせるように抱く。

「お前の身体は全部…俺のものだ」

口唇も何もかも、重の身体は不動だけのものだ。

最初に身体を開いたのも、彼だ。父が亡くなりすぐに妹を養う…そんな役目を与えられた重が、誰にもすがれず頼れずにいたとき、彼の胸の中だけで安らぐことができるのだ。

彼だけが、重の逃げ場だった。現実逃避《げんじつとうひ》と言われてもいい。安らげる居場所は必要だった。

「あ、ん…っ…！」

突き上げられながら重は彼の肩口に口唇を埋める。彼が纏ったままのシャツを噛み締めた。

不動は約束を違《たが》えない。

体内に、圧倒的な質感の肉杭が、打ち込まれていた。

（俺の中に…あんな大きいのが…）

重は頬を染めた。重の細い腰では、引き裂かれてしまうと怯えそうなほどに、不動のものは大きい。体内にずっぽりと突き刺さり、強引な抜き差しを繰り返している。

ぬちゃぬちゃと淫《みだ》らな音を立て、中を掻き回され、淫靡な官能が下肢に灯った。

「あ！」

ぐちゅりと音を立てて埋め込まれ、重は高い声をあげた。

（や…か、感じる…）

身体全体が、孔を開けられてしまったみたいだ。

「お前の口が大きく広がってるのが分かるか？」

淫猥な言葉で重を嬲《なぶ》りながら、不動が重の中でぬらぬらと光る肉棒を前後させる。滑ったそれは、重の粘膜を充血させ、重は彼の言葉でも身体をぞくりと震わせる。

（俺の中に、あんなのが、入ってて…）

こんなふうに言葉で嬲られ、男の勃起しきった肉楔で、突き上げられる蹂躙《じゅうりん》を受け続けても。なのに、重の身体は既に淫靡に熱く、感じるようになっている。

身体を売ることを、嫌悪していた。そんな人種だと思われることを、悔しく思っていた。でも、不動によって自分は本当に…男に抱かれて感じるように、なったのだ。

（う……）

恐ろしかった。自分の身体の変化も。貪《むさぼ》るように男根を食いちぎるように締めつける自分の後孔《こうこう》も。そして甘く淫靡に戦慄《わなな》く身体も。

身体の変化に気づき、わずかな切なさと、寂しさが胸元に去来する。

今日も、…同級生たちと、重は擦《す》れ違った。親から小遣いを貰《もら》い、彼らは一時の遊興《ゆうきょう》に興じていた。他にも塾に通い、将来への希望に胸を膨《ふく》らませる眼差しも見た。

なのに重は、こんな路地裏の薄暗いホテルで、男に抱かれているのだ……。

それを嫌悪したのは最初だけ、だ。今はその立場を甘受《かんじゅ》し、抱かれることを悦《よろこ》んでいる。でも。

その後の…金。身体を売った報酬として得られる金を、汚《きたな》らしいとかプライドがないのかとか、自分を責めるつもりはない。それによって、妹が生き延びるのなら。

(だから…!)

重は眦《まなじり》を熱くしながら、身悶《みもだ》える。身体はとっくに堕ちても、心は…男に抱かれるのを、喜んでいたくはなかった。

「…そんなに、感じてるのか?」

不動が訊《たず》ねる。指先が眦に触れた。いつの間にか眦が雫《しずく》を零していたことに、重は気づく。

「…うん…」

重は頷《うなず》く。そのまま誤解していて欲しい。

惨めになるから。現実を忘れさせて欲しい。

このひと月で、重を取り巻く状況が、…ここまで変わった。

男に抱かれて金を得ることなど、考えたこともなかった。本来の重は、性を金に換算するような性質ではない。

（…いつか好きな人ができたら。その人と、…愛し合って…）

結ばれたかった。

でも今、自分のはしたない身体は男を頬張《ほおば》り、昇り詰めている。突き上げられて、重の肉茎は、蜜を溢れさせている。男根を挟み込まされても、ちゃんと勃起しているのだ。

「そうか」

不動が満足そうに、重の中で男根の動きを速めた。

これが終われば、…金が得られる。だから、耐えられる。

妹の青白い顔が脳裏《のうり》に浮かぶ。けれどそれは逞しい突き上げの前に、霞《かす》んでいく。

「ん、あ」

「どうして欲しい？」

不動が重を充分に感じさせてから、いきなり動きを止めた。

（や…っ、止めないで…っ）

焦らされるのは、地獄の責めだった。不動は重に淫靡な言葉を強要する。それは重の劣情を煽るのだ。

「も、っと。もっと突いて…くれよ。動かして、もっと…っ」

恥ずかしい。こんな淫らな台詞《せりふ》も、不動に抱かれる快楽の前に、言えるようになった。中を逞しく太いもので、もっともっと掻き回して欲しい。身体が震えて気を失うほどの快楽に、貶《おと》めて欲しい。

「ああ！　ああ！」

夜毎《よごと》身体が火照り、彼に抱かれることしか、考えられなくなっていく。


「ほら、今日の分だ」

「…うん」
十七、の少年を相手にするには、法外《ほうがい》な額が、いつもベッドに置かれる。
銀座のホステスだって、こんなに多くの金を一晩相手にしただけでもらえないに違いない。

不動は、重を成人したと思っている。そう重は告げたから。成人したのに定職にも就《つ》かず、てっとり早く金になる方法を選んだのだと。

お互いに、素性《すじょう》は聞かない。それは金で買い、買われるものの関係として、相応《ふさわ》しいものだったかもしれない。

昨晩、重は不動のものを久しぶりに、しゃぶった。大きすぎて顎が外れそうだったけれど、必死で奉仕《ほうし》した。男のものを咥えている…それは奇妙な興奮に重を包み、その後の身体を燃え上がらせた。もしかしたらそれは、不動のやり口だったのかもしれない。

重は不動に楔《くさび》を埋め込んで欲しいと、咥えて焦らされているうちに、思っていた……。

「相変わらず何度抱いても痩《や》せてるな。金は渡してるのに、ちゃんと食ってるのか？」

「…うん」

一度、不動は重の腕を捻《ねじ》り上げて、腕の内側を探るように凝視《ぎょうし》した。薬の類《たぐい》は、重はやってはいない。

だが、やせぎすの身体は、ある種の疑惑を掻き立てるのだろう。保険に入っていなかった父のミスで、重が不動にもらった報酬は殆《ほとん》どは、妹の入院費に費《つい》えてしまう。普通のサラリーマンの一カ月分以上の報酬を、週に一、二度、不動の相手をするだけで、自分は得られてしまう。

けれど、住まいは六畳一間のアパートから移ることもない。

夜、不動の相手をすることで家計は大分助かったけれど、日中の友禅工房でのバイトは、技術を学ぶのがメインで収入は微々《びび》たるものだ。だが、不動によって客を取る恐ろしさを思い知らされた重は、それ以上別の男を買って収入を増やす気にもならなかった。それに、父親のことを考えれば、友禅という世界から、まるきり切り離した生活を送る気にもなれない。

重は不動が出て行った後、自分も着衣を整え、部屋を出る。

そして、工房に戻った。

友禅の工房…。充分な広さを必要とするそこは、駅から大分離れた場所にある。

そこまで戻るまで、重は何度も転びそうになった。

まだ、あそこに不動のものが入っているような気がしてならない。じわり…と残る痺れに、不動との官能の時を思い出す。終始淫らな気分に陥《おちい》りそうになるほど、不動の抱き方は凄《すご》い。

「おはようございます」

誰もまだ姿を現していない工房で、一人それでも重は声を掛ける。兄弟子《あにでし》たちはまだ来ていない。誰よりも早く来て、雑用をこなす。

寺田《てらだ》工房…ここは、唯一《ゆいいつ》、重の事情を知って、重が修業するのを許した場所だ。

けれど、ただそれだけだ。友禅工房は、志願する者も最近の時流に押され、少なくなっている。特に報酬が殆どない修業期間、その途中で辞めていく根気のない若者も多く、人手不足になりがちだ。

その中、殆ど報酬もなく工房を手伝う重のようなアルバイトは、どこも欲しがっている。

重は修業をするのは許されたが、もし、この工房に迷惑を掛けるようなことがあれば、すぐに追い出されてしまうだろう空気を、感じていた。

重のいる工房は大きく、一つの場所で図案・草稿・糸目《いとめ》・彩色・ぬれがき・写し染め…といった工程を行う。ここで、重は手描き染めの技法を学ぶのだ。

絵柄や図案といった、購入者にとって表面上、一番分かり易い技法を学ぶほか、様々な化学の知識を必要とされる。下絵で描く青花《あおばな》だが、天然の花汁から作成したものと、澱粉《でんぷん》を化学反応させて作った染料があり、用途《ようと》によって使い分けるのだ。

他にも、加工の段階では、金彩《きんさい》友禅などは、摺《す》り箔《はく》・切り箔・野毛箔に砂子《いさご》を散らすなど、各種の豊富な金彩加工の技術を、駆使《くし》しなければならない。

そして、豪華絢爛《ごうかけんらん》な目を奪われるあの、友禅になるのだ。

御所車《ごしょぐるま》、花、吹流《ふきなが》し、手鞠《てまり》、桐、花車、辻…古典的で美しい華が咲く。女性は華を身に纏い、自身が華になるのだ。

工房は、蒸しや水洗いの空間が設けられており、下絵の間は上の階に分かれている。

重は文机《ふづくえ》に座ると、筆を取る。重が青で華を描いていけば、うっとりするほどの美しい柄が花開いていく。アルバイトとはいえ、重はまったくの素人《しろうと》ではない。父から手ほどきを受け、四つの頃から絵筆を取っていた。名前で売るような友禅は描けないが、兄弟子たちが忙しいときの代わりの仕事くらいは、任されている。

この美しい柄が、結局は父の命を奪った。そう、重は思っている。

(これが…)

重は文机の下から、着物を取り出す。父が、茶道の家元に、納めるはずだった着物だ。

(父が受けるはずだったのに)

蓋《ふた》を開けてみれば、その仕事はライバルの友禅絵師、美杉老人のものになっていた。しかも図案は、父が考案したものにそっくりだったのだ。

抗議に行く、と言って出て行った父の姿、それが父を見た最後の姿になった。

その翌日、父は変わり果てた姿で戻ってきた。極道の抗争があり、その抗争に巻き込まれ、流れ弾《だま》に当たったとの説明だった。その結果、元々時流に押され、借金を抱えていた父の工房は倒産した。わずかな蓄《たくわ》えは、借金の返済に消えた。

——一体、何があったのか。

重は今でも、真実を突き止めたいと思っている。

タイミングよすぎる父の死、そして、父の形見になってしまったこの友禅とそっくりの着物を納めた絵師、…絵師と極道に、何かしらの繋がりがあり、父を嵌めたのだとする証拠は、充分だった。

（この友禅が、証拠だ）

いつか、自分が力をつけることができたなら。

この友禅の絵師の世界で。そうしたら、自分の発言も、認められるようになるかもしれない。それまでは…たとえ不動に抱かれても、身体を売って金を得るように貶められても耐えられる、…そう、思っていた。

朝、不動は重を腕に抱き込みながら、告げた。

「今日、…六時、ここで」

「え…？」

重はベッドに横たわりながら、不動を見上げる。不動は二日連続で、重を呼び出すことはなかった。一日は必ず空ける。重にとってはそのほうが都合がよかった。

重の身体が慣れ始めた今、不動の責めは強く、執拗《しつよう》だ。一度重を腕に抱くと、不動は物苦しいほどに重を突き上げる。そうされれば重は、翌日も身体に芯が挟まったようになり、身体への負担も激しく、工房で重は何度も倒れそうになった。

こんなふうに激しくされるのなら、毎日抱かれてもいいから、一回の行為を軽減して欲しいと思うほどに。もちろん、他の男を取るなんて気には、ならない。

毎日挑まれたら壊れてしまう…そう思っていた重にとって、連続でない呼び出しは、身体にも負担が掛からずにいい。

昨夜は不動に呼び出されていたから、今日の夕刻は妹を見舞う約束をしていた。

「その…今日は…」

重は初めて、不動の誘いを断った。すると、不動は重の身体を、己の下に組み敷く。

頭上から見下ろされるこの姿勢…彼に逆らえないのだと、思わされる瞬間だ。

「他の男と会うつもりか?」

「違う…!」

不動の疑惑はもっともだった。重には定職はないことになっている。だから、不動は頻繁に重を呼び出し、重を抱く。まるで、他の男をとらせないように。潔癖性なんだろうか、重はそう思うことがある。他の男に抱かれれば、その身体を汚らわしいとでも思うのだろうか。

(いや…)

すぐに思い直す。最初、重をホテルに連れ込んだ時、彼は重を、身体を売ることを商売にしている人間だと思ったから、誘ったのだ。

結局はそこで、重が初めてだということは、露呈《ろてい》してしまったのだけれども。

「その…でも、他に用事があって」

用事、と言葉を濁《にご》しながら、重は告げる。

本当のことを告げなければ疑惑を掻き立てるだけだと分かっていても、言いたくなかった。金で買って買われる関係、なのに、入院している妹がいる…そう告げれば、いっそう金の無心をしているかのように、思われてしまうかもしれない。嘘をついていると。

それは嫌だった。なぜか不動には、金を目当てに近づく人間だと、思われたくはなかった。

(…身体を売って、金を貰っているくせに)

重は自嘲する。苦い想いが胸に込み上げた。

「用事？　何の用事だ？」

「それは…」

上手《うま》く、答えられない。すると、不動が脅《おど》すように重の脚を開いた。

「あ…っ！」

内腿《うちもも》がひやりとする。開かされた衝撃で、とろりと蜜が溢れ出すのが分かった。不動に注《そそ》がれたものだ。不動が重に身体を重ねてくる。

「言えよ、重」

首筋を舌先で舐め上げられた。ぞくり…と背が粟立《あわだ》つ。

「や…っ、こんな、朝、から…っ」

重は目を切なげに細めた。蕾に、先端が当たる。

「これで訊くのは最後だ。重、何の用だ?」

不動は本気だ。なぜか、不動には逆らえなくなる瞬間がある。迫力だけで、圧倒されそうになる。これだけの迫力を、彼はいつ、身につけたのだろうか。

(や…っ!)

何度も不動の逞しいものを呑み込み、今は慎《つつ》ましやかに閉ざされているそこに、不動ののを押し当てられ、重は怯えた。

「ひっ、人の…見舞いに、行くだけだ」

「見舞い? 誰の?」

重は覚悟を決めて、言った。昨晩もたっぷりと不動のものを呑まされたのだ。再びあの硬い怒張を含まされるのは、恐ろしかった。

「い、妹…」

ぴたり、と不動の動きが止まった。

「どこの病院だ?」

「…道正《みちまさ》…病院…」

今まで、お互いの素性は一切詮索《いっさいせんさく》しなかった。だが、やり取りの上での勢いというものがあるのだろう。そこから、重の素性が露呈してしまうかもしれない。けれどもう、取り返しがつかない。

不動は暫《しばら》く、逡巡《しゅんじゅん》している素振りを見せた。重が本当のことを言っているのか、判断がつきかねるかのようだった。信じないのなら、それでも構わなかった。

「お前……」

自分に注がれる強い眼光に耐えかねて、重は目を逸《そ》らす。

意外なことに、不動は重から身体を離した。道正病院は、珍しく小児科に力を入れている。

妹、という言葉からも、嘘ではないと思ったのかもしれない。それとも、つい出てしまった本音、切なく苦しい気持ちを、瞳《ひとみ》に浮かべてしまったことに、気づいたのだろうか。

「一人で、大丈夫か？」

「え…？」

「ついていってやろうか？」

不安で心細い表情…それは、重が無意識にしていたものだ。心配げに不動が覗《のぞ》き込む。

自分の一番大切な…守りたいと思っていた家族を、身体だけを買う男に知らせる必要などないのに。それに、不動も面倒な関わり合いを、避けるだろうと思ったのに。

優しく抱き寄せる仕草に、重は不動の腕の中で、思わず頷いていた。


午後六時。面会時間が終わるのは七時だ。

工房での仕事を終え、重は急いで病院に向かう。病院の前で、不動は待っていた。手には、花束が抱えられている。

「これ…あんたが買ったの?」

重は目を丸くする。頑強で、逞しい男。大きな花束であっても、彼が持つとまるで小さなものに見える。薄く可愛らしいピンク色でまとめられた花束は、彼にはとても似合わない。

思わずクスリと笑みを零してしまうと、不動はむっとしたように重に花束を投げて寄越《よこ》した。

「だったらお前が、持ってろ」

似合わないと感じていたことに、気づいたらしい。

「わざわざ用意してくるとは、思わなかったよ」

重の言うことを、嘘だと否定することもできたのに。

「こっちだよ。三階の奥」

花束を受け取ると、重は歩き出す。薄桃色、薄紅色、撫子《なでしこ》などの可愛らしすぎる花でまとめられた花束は、不動が持てば小さく見えたもののやはり、重が持てば大きい。

ふわりと微笑《ほほえ》むと、そんな重を見下ろしながら、不動が目を細める。

「初めて、笑ったな、お前」

そういえば父を失ってから、妹の前以外で笑みを零したのは初めてだったかもしれないと、重は思った。不動によって、初めて、忘れかけた感情を取り戻す……。そして、不動には、別の今までに知らなかった表情も、感情も、重は教えられた。

不動は大人《おとな》しく、重の後をついてくる。

重がドアを開けると、絵本を読んでいた少女が、本から顔を上げた。

まだ七つ。小学校低学年ながら、彼女は一年に数度、長期の入院を余儀《よぎ》なくされている。

「お兄ちゃん！」

「…湖衣《こい》、大丈夫か？」

「うん」

少女が嬉《うれ》しそうに微笑む。あまり学校に行けない状況では、友達もできにくいのだろう。見舞う人も殆どおらず、彼女が寂しくないように、重はなるべく足を運ぶようにしている。

重と血の繋がりがあるのが分かるのは、彼女も美しい黒目がちの瞳をしているところだ。そして烏《からす》の濡れ羽色のような、しなやかな黒髪をしている。極上の美少女と言えるかもしれない。そして、…その美貌は重も同様だ。芍薬《しゃくやく》か牡丹《ぼたん》か、どちらを選ぶかは好みによる。だが彼女はまだ、幼すぎる。極上の完成品として美を眺めるには、重のほうが優勢《ゆうせい》だろう。

「あの…後ろの人は？」

「え？　ああ」

湖衣が、驚いたように訊ねる。重が病室に他人を伴って現れたのは、これが最初だ。父を亡くしてからというもの、誰も信じられなくなっていたから。

もう彼女が、自分の守りたい、たった一人の家族なのだ。

「えっと」

重が不動をどう紹介しようか迷っているうちに、不動が先に頭を下げた。

「不動です。お兄さんの友人だ」

（嘘……）

重は目を見開く。七つの少女にまともに自己紹介するのも驚きだったが、彼は重を貶めるようなことも、妹の前で、発言したりはしなかったのだ。

重に対する人間的な尊重も、その態度には含まれている。

「花瓶《かびん》は？」

「そこの、横の棚《たな》に」

「俺が水を汲《く》んでこよう。花を活ければいい」

「不動さん、俺がするよ、そのくらい」

「いい。妹さんと話したいこともあるだろう」

不動は花瓶を取り出しながら、重に訊ねる。

「彼女は何か食べられないものはあるのか？」

「湖衣が？　食事制限は、今は大丈夫だけど」

「そうか」

不動は振り返ると、優しげに少女に尋ねた。

「何か食べたいものはある？」

湖衣はぱっと目を輝かせる。兄の友人だということと、優しげな態度に、あっという間に警戒を解いたらしい。

「あのね。プリン」

「湖衣…！」

重は、他人に子供らしい素直さでねだる湖衣に慌てた。

「分かった。ついでに売店で買ってこよう」

「不動さん、いいよ、そんなの」

売店の隣には、見舞い客相手の高いフルーツ屋や、それなりのメーカーの菓子屋が入っていた。その菓子屋のプリンは相場よりも高く、重も給料が入った時くらいしか買えなかったから、湖衣も楽しみにしているのを知っている。

「気は遣《つか》わなくていい。俺が勝手についてくると言って、邪魔《じゃま》したようなものだからな」

不動はそう言うと、病室を出ていく。

二人きりになると、湖衣が訊く。

「今の人、優しそうな人だね」

「…そうか？」

ベッドの隣に座ると、重は気づかれないよう眉をひそめる。

「いいお友達がいて、いいなあ」

「すぐにできるよ、お前にも」

羨《うらや》ましそうに言う湖衣に、重は慰《なぐさ》めるように言った。優しい微笑を向けながら。

本当のことは、絶対に。

（言えない…）

重は口唇を噛み締める。身体を売って、彼に買われているなんて。そしてその金で、彼女の入院費を捻出《ねんしゅつ》しているなんて。本当のことを知れば、湖衣が傷つく。心疾患で入退院を繰り返し、苦労している彼女は、年令の割りに大人びて、時に重が驚くほどの鋭さを見せる。

この笑顔を守りたい。彼女はもう、助からないと言われている。最期まで、幸せなままいさせてやりたい。

(せめて——…)

重の胸に熱いものが込みあげる。けれどそれをさとらせず、笑顔を向ける。

病気が進行し辛いだろうに、湖衣も重に心配を掛けまいと笑顔を作るのだ。その笑顔を見るのが辛い。でもそんな辛さも、重はたった一人で受け止めていた。

ほどなくして、不動が戻ってきた。手には、湖衣が注文したプリンが、…よりによって一箱も下げられている。

「なんでそんなに…!」

一つ五百円なんて品だ。見舞い客をぼっているとしか思えない。小児科に力を入れている病院だが、確か、特別室なんてものもあるはずだ。そういった客相手の、見舞いに使われる。

「あまり一個だけ、という買い方はできなくて、な。それに余れば、同じ病室の子にでもあげることができるだろう」

気まずげな表情だった。

(不動さんでもそんなこと、気にするんだ)

確かに、不動みたいなスタイリッシュな逞しい男性が、プリン一つを買う姿というのは様《さま》にならない。今まで、まるきり別世界の男だと思っていたけれども、初めて不動という男の人間らしさを見たような気がした。奇妙な親近感を覚える。

重は不動から水の入った花瓶を受け取ると、花を活けていく。その間に、不動は湖衣に、プリンとスプーンを手渡していた。

「湖衣、お礼を言いなさい」

「ありがとう！」

重と湖衣が言うと、不動はじ…っと重を見ていた。

「あの、俺からも…ありがとう。どうしたの？」

「いや、ちゃんと礼とか、そういうのをお前は言える人間なんだなと思って」

意外そうに不動が言う。

「何で…」

「あんなふうに俺に突っかかってきて。それが出会いだったからな」

夢中で頬張っている湖衣は、不動の言葉の意味に気づかないようだった。

「結構普通の家庭で育ったみたいじゃないか」

不動が言った。そうだ。不動に出会う直前まで、重は幸せだった。普通の、本当にささやかな幸せを、日々噛み締めながら生活していたのだ。

それから、不動は様々な話題で、湖衣を笑わせた。時折、重も一緒に笑うことがあった。

あっという間に、面会時間は過ぎる。

最後に湖衣が洩らしたのは、不動に気を許したからであり、湖衣が悪いわけではなかった。

「お兄ちゃん、友禅の工房はどう？　やっぱり、入ったばかりだし、修業は大変？」

「う、うん。大丈夫」

「高校、私のせいで途中でやめることになっちゃって、ごめんね」

「湖衣…！　それは、違う、から」

重は慌てた。

「こないだお隣のまーくんのお母さんが、言ってたの。お父さんがいなくても、お兄ちゃんが働いて入院費を出してくれてるなんて、いいお兄ちゃんね、って。だから自慢のお兄ちゃんだって言ったの。お兄ちゃんの描いた友禅って、もういっぱい売れてるの？」

湖衣は嬉しそうだった。

逆に、重の胸がぎゅ…っと締めつけられそうになる。

彼女の素直で真っ直ぐな言葉が、胸を突き刺す――。

蒼白《そうはく》になる重の隣で、不動が息を呑《の》むのが分かった。

修業の身で、入院費を捻出するほどに友禅が売れるわけがない。それほどの仕事を任されることもない。どうやって彼女の入院費を重が得ているか…それを不動に知られてしまった…！

父がいないこと、そして…高校を途中でやめて工房に入ったこと、年令を誤魔化《ごまか》していたことも、すべて。

「恐れ入ります、面会時間が終わりますよ」

看護師が、ドアから遠慮がちに声を掛ける。

「はい…」

重は立ち上がる。

「…送っていこう」

青ざめたまま、ふらつく重の身体を、不動が抱き寄せた。


送っていく…。そう言った言葉を、不動は違《たが》えなかった。

不動は車を駐車場に停めていた。重を助手席に乗せる。車は高級車で、音もなくスムーズに滑り出す。

「お前、本当は幾つだ？」

もう、嘘をつく必要はない。

「…十七…」

「……」

車中、重も不動も無言だった。

送るという申し出を、断ってもよかったのだ。だが、動揺が深すぎると、かえって上手い言い訳が、思いつかないものだ。頭が真っ白になり、何も言えなかった。

重の住む家の近くまで来ると、不動は訊いた。

「どのへんだ?」

「…もう、このへんで…いいよ」

やっと、言葉を搾《しぼ》り出す。不動に家を見られたくはなかった。今まで住んでいた家を売って、小さなアパートを借りた。友禅の工房から近いだけが利点の、逆に言えばそれがなければ、絶対に借りる人はいないような、アパートだ。

不動は重の、みすぼらしい家を見られたくないという気持ちを、理解したのだろうか。それ以上強く、言いはしない。それに、家を突き止めてまで、どうかしようという気も、ないのかもしれなかった。

この車を降りれば、もう、関係は終わる。重はそんな気がしていた。

重苦しい沈黙が、車内に横たわっている。

(あ…っ)

そのうちに、家を通り過ぎようとする。重の気配に気づいたのか、不動が車を止めた。

「ここか?」

「…うん」

言葉少なに重は返す。誤魔化しようもない。

この扉を開ければ、それが最後だろう。不動は重の背負う事情を知れば、重いと思うかもしれない。金で割り切る関係に、重の持つ事情はあまりに重い。

不動は、重をいつも使うホテルへは、送らなかった。

もう、抱く気もないのかもしれない…。抱かないのなら、関係はこれで最後だ。

「お前の髪、…妹と同じだな。綺麗な髪だ」

重が車のドアに手を掛けた時、不動が言った。

「今度、お前の描いた友禅を、見せてみろ」

はっ、と重は顔を上げた。


不動は、それからたまに、重の家に寄るようになった。重に紹介されたと言って、工房の隣の店で、問屋に卸《おろ》す着物を広げてみせるようになった。

お陰《かげ》で、オーナーの重を見る目が変わった。上客《じょうきゃく》とのつながりがあるため、無下《むげ》には扱われなくなったのだ。また、不動は重の絵を見て、将来性がある、なんて白々《しらじら》しいことも言ってのけた。上客からそんなふうに認められれば、ますます重に対する態度は変わる。

もう一つ、変わったことがある。

それは、重を抱かなくなったことだ。

(どうして…?)

自分に会いに来るくせに。重は深い困惑を覚える。

ある日、不動は重の家に寄った。

六畳一間の空間に、不動の姿はとても似合わない。最初、躊躇したけれども、重は不動を家に入れたのだ。ここで自分を抱くのでも、いいと思ったのに、不動はまだ、重に腕を伸ばさない。それだけを目的として会っていたのだから、すぐに押し倒して欲望を挿入し、勝手に腰を動かして果て、家を出て行けばいいのに。

どっかりと腰を下ろしたまま、重の淹《い》れた茶を、啜っている。

家に来るとき、不動は重の家の表札を、見ていた。

「矢島重《やじまかさね》か、そして妹が湖衣、ね。綺麗な名前だな」

不動が呟く。そして、不動は自分の本名を不動正国《ふどうまさくに》だと、名乗ってくれた。たまにこうして、不動は重を褒めることがある。髪のことだったり、後は…。

部屋の隅の段ボールに目を留めた。

「あれは…?」

「売れ残り。父の描いた友禅は殆ど売ったけど、…それほど有名な作家でもなかったから」

だから、今度の仕事に賭《か》けていたのだ。その夢は、もろくも散ったけれども。

「見せてみろ」

言われて、重は段ボールから反物《たんもの》を取り出す。樟脳《しょうのう》をしっかりと入れていたせいで、薬品の匂いが狭い室内に充満する。

「…いい色だな」

手にとって反物を広げ、不動は言った。

「俺が買おう」

「不動さん…！」

重は驚く。

「いいよ、…そんなの」

うつむきながら言った。不動の心が最近分かるようになった。不動は、重に同情している。

…惨めさが、募る。

「重」

「いい。同情なんか、しないで……」

つい、搾り出すような声を洩らしていた。不動を睨みつける。そうしなければ、涙が溢れてきてしまいそうだった。

「…おい」

「いいから。帰って…！」

重が立ち上がろうとすると、不動がその手首を掴んだ。

「あ…っ！」

強く引かれる。バランスを崩し、重は不動の胸に倒れ込む。

（あ…）

不動の胸に抱かれる。久しぶりの温かい体温だった。不動の広い胸に抱かれて、重はその感触に餓えていたことを知る。包み込まれる温かい、胸。広くて何もかも、守ってくれそうな安堵を感じるのは、不動の胸の中だけなのだ。

「重。誤解するな。俺は本当にこの色が気に入ったんだ」

もがく重を、不動が強く抱き締めて、抵抗を奪いながら言う。

「それに、もし嫌なら、…」

不動が言った。

「お前に俺が金を貸す、ってことでどうだ？」

「え…？」

「妹の入院費、お前の生活費、そういったものはすべて、俺が貸す。お前は、友禅で稼げるようになったら、それを返せばいい」

「……」

重は返答に迷う。不動の申し出は、魅力的だった。だが、金の貸し借りには、ある種の苦味がつきまとう。

「お前が心配なら、法外《ほうがい》な利息《りそく》をつけたりなんかしないよう、法的な書類だって、揃えてやる。それに、裏技も教えといてやる。いざとなったらお前は未成年だ。借金を踏み倒したって、俺は文句が言えない立場だ。ここまで言っても、俺が信じられないか？」

重を胸に抱きとめながら、不動が言う。

「重、たまには甘えてみろよ。見ず知らずの他人だった俺を、信じろって言っても無理だろうが、……」

甘えてみろ——、その言葉は重の胸の、人を信じられなくなっていた重い塊と棘を、溶かし押し流す。熱くなった目頭に、ぼわりと涙が浮かぶのが分かった。

重は不動の胸に、すべてを預ける。身を投げ出し、信じきったように委《ゆだ》ねて力を抜く重を、不動は優しく抱きとめる。

重の背を、大きな掌がさすった。何度も、何度も。

その日、重は不動の腕の中に子供のように抱かれたまま、優しい眠りを抱き締めた。


安穏で、平和な毎日——。

そんなものが、自分の身に訪れるとは、思ってもみなかった。

重の、友禅工房での仕事は順調だった。妹の容態も落ち着いている。

あれほど悩み、傷ついた日々が、嘘のような毎日だ。

不動は仕事が忙しいのか、滅多《めった》に訪れることはなくなったけれども、たまに重の様子を見には来る。当座の生活費は、父の残した友禅の売れ残りを、不動が買い取ってくれたお陰《かげ》で、困ることはない。父の最期の仕事だけは、手元に残したけれども。

不動はもう、重を抱かなかった。

自分に興味を引かれなくなったのか。

それでも、何の利益ももたらさず、身体を組み敷くわけでもないのに、こうして重の様子を見に来てくれるのは、嬉しかった。

身体ではない心の繋がりを、感じられるから。

それが一変《いっぺん》したのは、重が工房からいつものように、帰宅したときだった。


アパートの前に、目つきの悪い男が数人立っていた。彼らには、見覚えがある。

重を、ホテルの前で、客を取る目的で立っていると、誤解した男たちだ。そのせいで、重は不動に抱かれる羽目になった。

(こいつら…!)

「ここに住んでいるんだな」

確認するように言うが、この家の前に真っ直ぐ戻ってきたのだ。これだけのボロアパートだ。重のほかに住人は既にいない。嫌な予感に、咄嗟《とっさ》に友人を訪ねたと言ってもよかったが、どの部屋にも明かりがついていない以上、待っている友人がいないのはみえみえだ。

「何の用だ?」

あの時の落とし前をつけにきたのだろうか、それにしては、理由が小さすぎる。

「鍔《つば》組の不動が、大切に大切に隠している女がここに住んでいると聞いたんでね。あいつには色々と辛酸《しんさん》を舐めさせられているからな。せっかく仕入れた情報だ。使える駒《こま》は使おうと思ってやって来たんだが…。あいつはこっちの趣味もイケるらしい」

下卑た笑いが向けられる。

組？　不動が？

自分を抱く不動は、いつもエリート然としたスーツ姿で、とてもその筋と関係があるようには見えない。

父を亡くした原因は、極道だ。

自分の嫌いな極道、それと不動が繋がりがあった…？

す…っと血の気が引くのが分かる。

「来いよ、たまにはあいつにも、思い知らせてやる」

下っ端という風情の男が、重の腕に手を掛ける。

「離せ…っ！」

重は叫んだ。もがきながらも、身体を引き摺《ず》られていく。

（くそ…っ）

「まったく、しつこい野郎どもだな」

ドスのきいた声がした。

どうしてこういつも、不動は自分が一番必要な時に、来てくれるのだろう。

重の前に立ちはだかる。だが、不動は丸腰だ。

「これが見えねえか？」

三下風情《さんしたふぜい》が、今日は妙に勢いがいいと思えば、懐に短刀を忍ばせていたのが見えた。

男のうちの一人が、不動に切りつけようとする。不動の動作は俊敏《しゅんびん》だった。勇気がある男しかできない動きで、相手の懐《ふところ》に入り込み、あっという間に刀を奪う。

「う…っ！」

悔しげに、下っ端が顔を歪める。ただ、こずるい知恵は持ち合わせていた。もう一本、懐に刀を忍ばせていたのだ。それは、敵《かなわ》わない相手にではなく、重に向けられる。

（あ…っ！）

逃げる間もなかった。だが、大きな身体が重の前で、重を守るように抱き締める。

ば…っ、と布が切り裂かれる。

見えたのは。

（あ…っ!!）

見事な彫り物だった。彼をイメージするような獣《けもの》が、描かれている。

不動は、重の驚いた表情を見下ろし、顔を歪める。

（なんで…こんな…）

鮮やかな彫り物を背負《しょ》った男というのを、初めて見た。

そういえば、重を抱くとき、彼は絶対に背中を見せなかった。いつもシャツを纏っていた。

彼がシャツを脱ぐ瞬間を、重は見たことがない。

抱くときも、全裸にはならなかった。それにいつも、重は不動によって先に気を失わされていたから。抱き殺されるのではないかと思うくらい、激しく感じさせられて、まだ慣れなかった重は絶頂とともにいつも、意識を失っていた。

彼の正体を、初めて重は知ったのだ。

(本当に…不動さんが…)

自分の父を亡くしたきっかけとなった、極道の世界の男、なのだ。

不動が気まずげに、苦しげに、顔を歪める。

まるで、重には知られたくなかった…そんな気配が窺えた。

「くそ…っ」

不動が苦々しげに吐き捨てる。

そして、…あっけなく決着はついた。不動の前に、男たちが転がっている。不動は手慣れた様子で、携帯を取り出すと命じた。

「ああ、そうだ。八条《はちじょう》、そこへ来い。景浦《かげうら》のところの若いやつらだ。さっさと片づけろ」

そうとだけ言うと、携帯を切る。黙ったまま、動けないでいる重に、不動は言った。

「安心しろ。…お前が俺という男が嫌でも、援助は続けてやるよ」

そう言い捨てると、立ち去ろうとする。

「待って…!」

重は腕を掴むと引き止めた。

「そんな格好じゃ…。それに、傷も。手当てしなきゃ」

重は腕を掴んだまま、部屋に不動を引き戻そうとする。

構わない。

不動が困惑したように言った。正体を知っても、構わないのかと。

「お前、いいのか？」

「…いい」

重は真っ直ぐに、不動を見上げた。曇《くも》りのない瞳で。

「お前の面《めん》も、この場所も、割れているみたいだな」

不動が呟く。

「俺のそばにいればこんな目に遭わないとも限らない。だからあまり近寄らないようにしていたんだが…」

もしかして、最初から不動が使わないようなホテルを使ったのも、あまり会わないようにしていたのも、重という存在を、気づかれないようにするため…？

「暫《しばら》くは、…俺のそばに、いたほうがいいかもしれないな。そのほうが、守ってやれる」

ほとぼりが冷めるまで。

許せないはずの極道、けれど。魂の部分で強く、重は彼に…惹《ひ》かれている。

その気持ちにつける名前をまだ、知らなかったけれども。

重は不動の申し出に、コクリと頷いた。

「着心地がいいな、これは」

「そうですか。…ありがとうございます」

重《かさね》は不動《ふどう》に羽織《はおり》を着せ掛ける。不動は重に背後を預けるように、背を向けた。

（……）

広い背だ。背だけで男は生き様《いざま》を語るというが、貫禄《かんろく》がありながら温かみを感じさせる背は、頼もしい力強さに満ちていた。

周囲を圧倒する迫力を持ち、男らしさに羨望を抱かずにはいられない男。重は無防備に背中を預ける不動に、羽織を着せかけ、袖を通すのを見つめた。

あれから、六年の月日が経った。重の髪も伸び、容姿はそれなりに変わった。

不動は男ならば誰もが憧れる、魅力ある男ということは変わらない。

「組長、…お支度《したく》はできましたか？」

畳の衣装部屋の襖《ふすま》の外から、声が掛けられる。

「ああ、今行く」

重は二十三、不動は三十の半ばだ。三十代という若さながら不動は組をまとめる男になった。彼のためなら命を捨てても厭《いと》わない、そんな忠節を尽くす男が何人もこの屋敷にはいる。

襖を開けると、若頭《わかがしら》の地位にいる男が、板張りの廊下に、直《じか》に膝をついていた。

今日は磯部《いそべ》組との兄弟の杯《さかずき》を交わす日だ。そのために、不動は紋付《もんつき》を重に用意させた。

不動は、組をまとめる地位についてから、着物を着る機会が多くなった。そして、その着物を用意するのは、自然と重の役割になった。

不慮《ふりょ》の事故で先代の組長を亡くし、急遽《きゅうきょ》若頭であった不動が組員の推挙《すいきょ》で組をまとめることになったのは、三年前だ。この三年、既に彼は充分過ぎるほど、その役割を果たしている。

「これは…組長」

不動の着物姿に見慣れているはずの若頭ですら、惚《ほ》れ惚《ぼ》れとしたように、不動を見上げる。

黒い紋付《もんつき》の羽織姿…。腰で締める男の帯は、不動のような骨太の体格をしているからこそ、似合いすぎて怖い。

逆に、重は腰が細すぎて、帯を締めても貫禄がない。

今日は不動に着物を届けに来ることもあり、大切な場に臨《のぞ》む不動への礼節《れいせつ》を自分なりに意識し、重も正装のつもりで着物姿で組に来ていた。

「…出るぞ」

席に臨む不動が声を掛けると、若頭がすぐに後をついていく。部屋を出る時、擦れ違い様、声を掛けた。

「重を送ってやれ」

「は…っ」

若頭の背後に控えていた三平《さんぺい》が頭を下げた。実直で誠実な若者だ。体躯は逞しく大きいが、忠実で人のいいところが、極道には似合わないと、重は感じることがある。

「お気をつけて」

玄関で、他の組員たちが重に向かって頭を下げる。

重は、この組に部屋をもらってはいないのだ。

(衣装部屋がそうといえばそうだが……)

組の奥、組をまとめる地位についた男だけの場所、その手前の小さな部屋が、いつのまにか重のもののように、なってはいたけれども。

友禅の工房に程近い平屋の日本家屋、…そこが、重の家だ。

重の勤める寺田工房の老齢の絵師が以前住んでいた家屋を、そのまま譲《ゆず》り受けた。

そこにたった一人、重は暮らしている。

…妹は、既に亡くなっていた。妹が亡くなり、重はこれ以上ないくらい泣いた。たった一人残され、辛さに押し潰されそうになる重のそばに、不動はいてくれた。そして、『お前はこれから、お前自身が幸せになることだけ、考えろ』と力強く告げられた。その言葉を、重は今もはっきりと思い出すことができる。

しかし、もう誰一人として重に身よりはいない。重が望んだわけではないが、不動が重の後見《こうけん》のような役割を、果たしてくれている。

父の死の真相は、未だ分からない。ただ、不動のそばにいたおかげで、あの時の抗争は

「景浦組《かげうら》」が起こしたものだと知った。

友禅の世界に身を置いていると、父の代わりに仕事を奪った美杉の活躍も、聞こえてくる。

父の死の真相を突き止めたい、その気持ちは未だ、変わらない。

不動のそばにいるのも、そして友禅の世界にいるのも、その気持ちがあるせいだ。

たった一人の音しかしない住まいに、重は戻る。

六年前よりは数段マシな上、絵に集中して向かうのにも適している。

暗い夜道、重の後を忠実に、三平がついてくる。今頃、不動は鍔《つば》組の組長として磯部組と、杯を交わしているのだろうか。

(俺は…未だに、杯をもらっていないのに)

そう思えば、胸が痛むような気がした。

なぜ、不動は重を、組に入れようとはしないのだろう。もっと重要な役割を得られれば、組の情報にも通じることができる。重要な情報を得る機会もあるかもしれない。

…父を抗争に巻き込んだ、景浦組とも、近づくことができるかもしれないのに。

不動は、重を絶対に、構成員にしようとはしないのだ。

不動は重をそばにおいてはくれる。近寄っても、追い返したりはしない。ちゃんと、彼の装束《しょうぞく》を揃える役割をもらっている。着替えを手伝わせるのは、一番無防備《むぼうび》な姿を晒すことだ。それがどれほど、命がけの道に身を置く男にとって、重要なことか知っている。だから、本当の組員である不動の部下たちは、重に一目置いて接する。

いざ杯を交わせば、重が組長の補佐という重要な地位を得られるだろうと目論《もくろ》んで、だ。重自身もそのつもりで行動していた。組の中のことは、見ても絶対に周囲に洩らさない。不動への忠節を誓って、組の人間としての行動を心がける…。

だが、実際は、準構成員的な立場、…時には着物を届けに来る部外者、といった疎外感《そがいかん》を、味わうことがある。

「矢島さん、寒くないですか？」

秋も深まり、空気の入り込む着物姿では夜は肌寒い。

「…いや、大丈夫だ」

重が表情を曇らせると、三平が心配げに声をかける。

「すまないな、三平。…俺は、まだ組員というわけでもないのに」

夜道を送るだけの役目を命令されて。

「いえ、矢島さんには皆、一目置いています」

三平が、重を元気づけるように、歯を見せて笑った。彼は、重の中途半端な立場を、憂《うれ》う気持ちを理解しているらしい。

「組長はきっと、時期を選んでいるだけですよ」

そばにいてもう、六年だ。その間、重は少しずつ、妹の入院費を含めて、金を返済してきた。毎月きっちり、少しずつ返す重に、不動は苦笑いをしながら受け取った。

（でも……）

本当は、受け取るつもりはなかったのかもしれない。返す額以上の金額で、重の友禅やら小物やらを毎月きっちり、買い上げてくれる。多分、…重が返した金で、だ。

少しずつ技法を学び、重はしっかりと友禅の絵師としての地位を確立しつつある。

重は不動に恩義《おんぎ》を感じている。彼が命じれば、どの組員よりも、忠実な仕事をするはずだ。けれど、不動は重の組入りを認めてはくれないのだ。忠実に、忠実に、彼に仕えていても。

「伸行《のぶゆき》さん…!?」

三平とともに家に戻ると、その前に立っていた人物に重は驚く。

「ごめんなさい、いきなり来て」

夜間の急な訪問を詫びる相手を責める気持ちにはなれない。可愛らしく天真爛漫《てんしんらんまん》な表情は、人を惹きつける。彼を前にすればどんな失敗をされても、きっと憎めず許してしまうだろう。そう思える人だ。

鍔伸行、彼は先代組長の一人息子だ。極道の家に生まれたのに、とても極道に囲まれて育ったようには見えない。年は重とほぼ同じだ。だが、年令が同じにしては、容姿から受ける印象はあまりにも異なる。重も彼の兄的な役割をすることが多かった。

「いえ、そんなことは。どうなさったんですか?」

「その、たまたま祖母に言われて出した着物があったんだけど、虫食いにあったみたいで…。

それで慌ててどうしようか相談しようと思って、来たんだ」

「仲行さん…」

重は苦笑する。後先《あとさき》考えずに慌てて飛んできた率直さも素直さも、彼の愛されるべきところだ。不動も、世話になった前組長の息子として仲行を大切にしている。

「着物はお預かりします。後で状態を確かめて、ご連絡しますよ」

「ほんと!?」

「ええ。わざわざ来ていただかなくても、俺を呼び出せばよかったのに」

「悪いよ、そんなの」

重が組員ならば、仲行も遠慮はしないかもしれない。だが、重はまだ組員ではない。

仲行は重を、絵師として扱う。

「せっかく来て下さったんですし、お寄りになりますか?」

「ううん。夜いきなり来て悪かったし、今日は帰るよ」

お茶も何も出さずに帰すのは悪いと提案すれば、仲行はあっさりと言った。一人息子であっても、我侭《わがまま》ではない。

「なら、ちょうど良かった。三平、仲行さんを送ってやってくれ」

「はい」

重が頼めば、三平は従う。

「あまり、お一人で出歩かない方がいいですよ」

彼の身を案じての、心からの言葉だった。組長の一人息子というだけで、命を狙われる危険を孕《はら》む。しかも今は、ある抗争の最中だ。

「うん、…でも、きっと大丈夫だよ」

楽天的な彼に大丈夫と言われれば、本当にそうだと思ってしまいそうだ。

重は二人の背が暗闇《くらやみ》に溶けていくのを、じっと見送った。

翌日、工房に重は職人を呼んだ。

「この程度なら一週間ほどで直せますよ」

「そうですか。ありがとうございます」

伸行の持参した着物を、彼は持って帰った。

工房の二階…そこで重は筆を持ち、布地に色を挿《さ》していく。この後、糊を置いて、挿した色が混ざらないようにする。様々な工程と時間を経て、極上の一反が出来上がる。

「そういえば、こんな業界であっても、嫌なことがあるもんですね」

去り際、彼は眉を顰《ひそ》めながら言った。

「嫌なこと？」

「ええ。九条《くじょう》のところの工房、あそこが先日、警察に摘発されたこと、ご存知でしたか？」

「警察？」

物騒《ぶっそう》な話題に、重は表情を強張らせる。警察に関わることは皆、あまりいい感じはしないものだ。それだけではなく、重は父の死を、おざなりに処理した彼らの態度が、心的外傷《トラウマ》になっている。

「私たちのような伝統ある世界に、こんな利権争いのようなものを持ち込んで、利用されたくはなかったんですが…。九条の工房の職人が一人、着物の染料に油を溶かして、ある種の麻薬を密輸していたらしいんです」

「麻薬の密輸!?」

芸術の世界に、あまりにそぐわない内容に、重は驚く。

「染料に使う材料や、混ぜ合わせたときの化学反応…そういったものも、我々は勉強しますからね。今回はそれを利用して油に混ぜて巧妙《こうみょう》に隠し、持ち込んだそうなんですよ。持ち込んだ後は、遠心分離機《えんしんぶんりき》にかけ絵の具と麻薬を分離させて、流していたらしいんです」

「そんなことが…」

重は困惑したまま訊いた。

「誰です?　その職人というのは」

「高橋《たかはし》、といったかな」

「まさか彼が?」

重は驚きの声を上げる。

「ご存知だったのですか?」

「…ええ。展示会で何度か会ったことがあります」

絵の具を買わないかと持ちかけられたことは言えなかった。小柄な外見で気も小さそうで、とても麻薬を流したりするようには、見えなかった。

「まったく、困ったものですね。ただでさえ、我々の業界は浴衣《ゆかた》以外、最近ではさっぱり売り上げも落ちているというのに。悪いイメージがついては、たまったものではないですよ」

彼はそう言うと、伸行の持ってきた着物を小脇に抱えて、部屋を出て行った。


彼が出て行った後、重は布に向き合う。筆を取ったものの、仕事に身が入らない。

九条の工房、あのあたりのシマは、景浦という組が勢力を張っている。

鍔の先代組長の事故は、景浦との抗争で起こったものという見方をされている。

それ以来、景浦と鍔、つまり景浦と不動の組員たちは、お互いを目の仇《かたき》にしている。

伸行の一人歩きを心配したのも、組同士の間で、抗争が起こっているからだ。

街で擦れ違った若い衆が、小競《こぜ》り合いを、やらかしたこともある。

そのくらい、一触即発《いっしょくそくはつ》の状態でもあった。そして、何か理由があれば、戦争を仕掛けようとしているのも、利権を追求してばかりの景浦のほうだった。

その組の会長はもう老齢《ろうれい》だ。だがそこの専務の地位にいる息子の景浦とは、重は面識がある。それどころか…。

「重」

「景浦さん……！」

工房の二階に、景浦自身が姿を現した。

金融会社の専務である景浦だ。専務などと名乗っているが、実際はヤクザの金貸しだ。地位は若頭ということになる。会長という呼び名は、組長と同じだ。

年は、不動よりも上だ。男らしく精悍《せいかん》で、がっしりとした体躯の持ち主だ。

女好きする色気のある顔をしている。ただ、ふと表情をなくしたときの景浦組における目つきの鋭さが、尋常ではない。それが彼が、一般社会の人間ではないことを意味する。

額に、前髪が零れる。落ち着いた、大人の男だ。だが、不動と堂々と渡り合おうとするところが、一筋縄《ひとすじなわ》ではいかないことの証ともいえる。

重は目を険しくする。

どうして通したのかと、別の職人を睨む。だが、景浦の迫力に押されれば、彼も断れなかったのだろうと、重は同情もした。

重の立場は、あくまでも絵師だ。不動の組の一員ではない。

だから、友禅を買いに来る客は、断れない。それに景浦と自分の勤める寺田工房が関係があると知ったのは、ここを仕切っていた絵師が亡くなった後のことだ。

「どうして、ここに」

「そうつれないことを言うな。ここの先代の絵師と、俺の親父は懇意《こんい》にしていた。だから彼が亡くなった後も、この工房とは仲良くやっていきたい。ただそれだけだ」

老齢の絵師が昨年亡くなって、それと同じくして重が絵師として脚光《きゃっこう》を浴び始めてから、景浦は頻繁にここを訪れるようになった。初めて重の容姿を見た時、景浦は驚いて絶句したようになった。彼のその反応の意味が、今も重はよく分からない。

男のくせに、髪を伸ばしているから、おかしいとでも思ったのだろうか…。

朱の紐《ひも》が、艶やかな重の黒髪の上で、結び目を作る。

それに、重自身も景浦の訪問を、全く拒絶するつもりもなかった。

彼の父親、会長…その名を、重は忘れない。

この男の父親の抗争、それに重の父は巻き込まれ、命を落としたのだ。

父を追い込んだ絵師との真相、それを突き止めたいと、重は思っていた……。

息子である、今目の前にいる景浦が、その事実を知らなかったとしても。

「重」

どっかりと重の前に腰を下ろしながら、親しげに景浦が重の名を呼ぶ。その名で呼んでいいのは、不動だけだ。

「着物ならここではなく、問屋のほうに行ってはいかがですか?」

「今日はお前に話があって来た。お前にとっても、外で聞かれたくない話だと思うんだが」

ニヤリ、と彼が笑った。

(……?)

「九条のところの職人、高橋という男を知っているだろう」

重の胸がドキリ、となる。表情には出さないように努めても、不意打ちともいえる話の持ち出し方に、誤魔化すことはできない。そして、そのわずかな反応を、見逃すほど景浦は甘い男ではなかった。

「絵の具に混ぜて麻薬を持ち出す…。奴が売っていた場所は、俺たちのシマでね。そこを荒らされるってことは、俺の顔に泥を塗られたようなものだ」

景浦は腹立たしげに、けれど余裕を見せながら言った。

「あの男はお前にずい分親しげに、接触していたみたいじゃないか。クスリはどうやらまだ摘発された以外に残っているそうだ。お前のところにも、クスリを仕込んだ絵の具があるんじゃないか？」

「あるわけない…！」

重は即座に否定する。言いがかりだ。

（その狙いは…？）

「だが、お前は疑われてるぞ？　極道と友禅の職人、両方につながっている人物は、そういないからな。お前が立場を利用し、金もうけに目がくらんだんじゃないかと、そう思われても仕方ないな」

「嘘だ！」

本当に、重が高橋と一緒になって麻薬を流していると、疑われているのか、それとも。

本当に単なる言いがかりなのか。

「ただそれを、うちの部下どもが納得するかな。お前は不動の命令で動いたんじゃないのか?」

「馬鹿らしい」

濡れ布だ。だが、景浦のシマを荒らしているのが、不動の息の掛かった重…そういうことになれば、立派に戦争を仕掛ける理由が立つ。

何としても不動の持つ利権を、景浦は手に入れたがっている。

「お前、まだ、不動のところの構成員になっていないそうじゃないか」

景浦は重の痛いところを突く。

「なのにあいつのところに通って…。お前はあいつの女か?」

侮辱《ぶじょく》めいた発言に、重は毛を逆立てる。

「違う!」

き…っと睨みつければ、景浦は肩を竦《すく》めてみせる。

「へえ…、お前に手を出していないとすれば、あいつは不能か?」

「それ以上、不動さんを悪く言うな!」

自分が貶められるのはまだいい。だが不動のことを悪く言われるのは悔しい。感情を迸《ほとばし》らせた後、重の気持ちを探る挑発だったのだと気づいた。

「お前はずい分、不動を慕《した》ってるみたいじゃないか。なのに構成員にもしてもらえない。あいつはお前を信頼していない。それでも通ってる…なんて、泣かせる話じゃないか」

「……」

　景浦は重の気持ちを見抜いたのだろうか。

「絵の具に交えて薬を持ち込んだという最近の事件、それは組の間で噂になってる。それを不動はお前に訊いたか？」

「……」

「訊いてないんだな。どうやらお前はよっぽど、あいつに信頼されていないらしい」

　景浦がずい…っと膝を進めた。不意打ちに、重は逃げるのが遅れた。彼の手が、重に伸ばされる。殴られるかと身を竦めたが、違ったらしい。

　彼の掌は、髪を首の横で結んでいた組紐を引き抜いた。

　ぱらりと音がして、長い髪が広がる。髪を下ろした重の姿を、景浦が見つめている。

「わざわざ俺に足を運ばせた駄賃《だちん》に、これはもらっておく」

　勝手なことを言い置くと、景浦は席を立つ。嫌な予感に、重の胸はざわめく。

　不動が重を構成員にしないのは、景浦の指摘どおり、自分を本当は信頼していないからなのだろうか。咽喉元に込み上げる苦味を、重は飲み込んだ。


　きっかり一週間後、職人はかけはぎした着物を、重の元に届けた。重は伸行に、すぐに届けに行くと連絡した。するとその日の午後、伸行自ら、重の家に取りにやってきた。

「お一人でいらっしゃったんですか?」

「うん、別に、大した距離じゃないし。護衛《ごえい》ばっかりつけられて、息がつまるよ! だからこっそり抜け出してきちゃった」

ぺろりと舌を彼は出す。

「伸行さん…」

自覚を促すように困りきった表情で見つめるが、伸行はどこふく風だ。若さゆえの無鉄砲《むてっぽう》さは、大切に育てられてきたもの特有の性格でもある。

たまに、重は思う。殆ど年の変わらない彼、…普通に育っていれば、自分も彼のような陽《ひ》だまりのような笑顔を、顔に浮かべることもあったかもしれないと。

彼の我が侭さは屈託がなく、好ましくもある。組員たちは皆、彼を大切にしている。

…特に、不動は。

先代の組長は、不動の才能を一目で見抜いた。人の上に立つ男だと、常々言っていたという。何かあれば、不動に任せるようにと。そこまで不動という男をかってくれた先代組長に、不動が恩義を感じるのは当然のことだ。そしてその一人息子である伸行を、先代の組長が亡くなった後、親代わりのように、不動は大切にしている。

もちろん、重よりも。それは否定しがたい事実だ。

そして、それを重は当然だと思っていた。

少しでも心配させるようなことを、不動は伸行の耳に入れたくないのかもしれなかった。

「伸行さん、お送りします」

「いいよ」

「お送りします」

着物を受け取ると、一人で帰ろうとする伸行を、重は引き止める。有無《うむ》を言わせぬ口調で言いつのれば、伸行はそれ以上逆らったりはしなかった。

二人、道を連れ立って組へと戻る。

「お前、矢島……」

その途中で、目をつけられたのは、重のほうだった。

重の容姿は、自覚せずとも目を引く。特に、その美しさが裏目に出ることが多かった。

年を経るにつれ、少年らしさよりも、艶やかな美しさが、匂い立つ…。

「高橋とつるんで、しでかしたそうじゃないか」

既に噂は広まっていたのか。

「伸行さん…こちらへ」

伸行を背の裏に庇《かば》うと、重は口唇を噛む。すぐに重は三人に囲まれる。抗争中の景浦のところの下っ端だ。

「いい稼ぎをしたんだろう？　少しぐらい分けてくれよ」

三下の安っぽい口調で、彼らは下卑た笑いを浮かべる。

「お前たちに分けられるものは、塵《ちり》一つだってないね」

「なんだと!?」

重が挑発するように言うと、男たちはいきり立った。

気のむくまま、彼らは人を傷つけることしか考えない。

彼らのうちの一人が、胸元から刃物を抜いた。

さすがに重は青ざめる。

往来《おうらい》で、まだ人通りもある時間帯、まさか刃傷沙汰《にんじょうざた》に及ぶとまでは、考えなかったのだ。

彼らは人を傷つけた後、どうなるかを考えたことがあるのだろうか。

いや。重は否定する。ただその場しのぎで自分の激情を満足させられればいい、そうとしか考えが及ばないのだろう。

「さすがに怖気《おじけ》づいたか?」

男が鼻で笑った。

丸腰の相手に向かって、優越感を滲ませる。人に対して浮かべる優越感ほど醜悪《しゅうあく》な感情があるかと、重は思うことがある。

一番は本人が幸せであること…それだけでいいのに。そして人の幸せを素直に喜べること。

それなのに優越感、それに重は何度、晒されてきたことだろうか。

組でも、不動の背中を、重は預かっている。だが構成員ではない。構成員の中には、重の特別な地位を、妬む者もいる。彼らは、構成員であるということで、重に優越感を抱くのだ。

人の幸せを一緒に喜べる人に、本当の幸せはくるのだと、いつか不動は言っていたけれども。人を貶めようと、重は考えたりはしない。

「もともと、シマを勝手に荒らしたのはお前のほうだからな」

充分な理由をつけて、男が重に刃物を振り下ろす。別の男が伸行のほうに回った。

(危ない…！)

重は伸行を守るために飛び出す。たとえ、自分の身が傷ついても、重は伸行を守るつもりだった。

「矢島さん！」

伸行の絶叫《ぜっきょう》が響き渡った。


「う…っ！」

「く…っ‼」

ぐう…っと男たちの身体が傾《かし》げる。

勝負はあっという間、とはいかなかったが、あっけなくついた。重は荒く肩で息をする。

「…大丈夫ですか？」

伸行は男に弾き飛ばされ、塀の壁に背中を打ちつけていた。

「もちろん…」

手首に擦った跡がある。

「それより、矢島さんは？　大丈夫なの？」

「…かすり傷です」

手首から、一筋の血が流れ落ち、床にぽとりと落ちて血の染みを作った。

重はそっと、伸行の目に触れないよう傷口を隠す。伸行を庇って、切りつけられたらしい。

(左手でよかった)

安堵すると同時に、自分の身より、伸行を守れたことがよかったと、心から思う。

彼を、不動は大切にしていたから。元組長の息子として。ただそれだけで。けれど重は、いくら忠実に不動の元にいても、不動の組にすら、入れてはもらえないのだ……。

胸が痛むような気がした。

「それにしてもびっくりした。矢島さんって強かったんだね」

重は合気道《あいきどう》の心得《こころえ》がある。構成員として組入りを不動に認めてもらいたかったから。

そのためには、多少の武道の心得は必要なことだった。

「それより、早く戻りましょう。ここはまだ、危ないです」

重はそう言うと、伸行を促す。自分の傷よりも、伸行の手首にある擦れた跡のほうが、目に痛かった。

「伸行さん!?　矢島さんも。一体どうなさったんですか!?」

二人が揃って手負いの姿で、組の玄関に姿を現すと、出迎えた組員が驚きの声をあげた。

「急いで、手当てを」

重は端的《たんてき》に告げる。もちろん、自分ではなく、伸行の手当てを優先させる。

「お二人とも、こちらへ」

奥の座敷に、組員は二人を連れていった。騒ぎを聞きつけ、不動が姿を現す。

「不動さん…」

重は不動の大きな姿を見上げた。

「大げさだなあ、まったく」

伸行は傷を負ったことなど、何ごともないように言う。

不動は二人の姿を見下ろすと、伸行の手首に巻かれた包帯を見て、目を険しくさせた。不動が真っ先に、伸行を心配するのが分かる。重ではなく。

重の胸が疼いた。

「何があった?」

低く唸《うな》る声で、訊ねる。

重はうまく言えない。元はといえば、絵師仲間の高橋の疑惑が飛び火して、伸行にいったようなものだ。

しかも、重は言いがかりをつけてきた彼らを、挑発している。

重が何も言わずにその場を逃げていたら、…伸行を連れている以上、彼の安全を図るのが一番のことだったが…こんなことにはならなかったかもしれない。

「すみません。二人でいるところに、難癖《なんくせ》をつけられて、…」

「なぜ仲行さんを守れなかった？」

不動は重を叱《しか》りつける。構成員になりたいと言うのなら、それ相応の実力と、結果が求められる。重は一緒にいながら、仲行を守れなかった。組に入るのは不適格だと、部下たちの前で、宣言されたようなものだ。これでまた、重は不動に認めてはもらえない……。

「…すみません」

響き渡る怒号《どごう》に、重は頭を下げる。不動の迫力に慣れた重でさえ、一度は肌を震わせたほどの大喝《たいかつ》だ。

「こんな怪我を負わせて…」

仲行の掌には、地面に転ばされた時についた、擦り傷がある。重は、彼を庇うために身を投げ出し、寸前でかわしたものの、刃物で切りつけられた時の切り傷を負っていた。袖を捲っていたため、肌に直に付いた一筋の鋭利な傷がある。今は袖を下ろし、傷が見えないよう、隠している。ずきり、と傷が疼いた。

「お前がいながら…！」

不動がそう言い掛けた時、不動と重の間に、仲行が割って入った。

「止めて下さい…！」

庇うように手を広げ、重の前に仲行が立つ。

「矢島さんを叱らないで下さい！　矢島さんが守って下さったからこそ、僕の傷はこれだけで済んだんです。他の誰が守って下さったとしても駄目です。それは分かっています」

「伸行さん……」

不動が困ったように眉根を寄せる。

「本当に、申し訳ありませんでした」

「おい五郎、伸行さんの手当てを」

「はい」

何度も頭を下げようとする重を無視し、遮《さえぎ》るように不動が五郎を呼ぶ。不動の関心は伸行の怪我にあった。それ以上、失敗を犯した者には関心がないように、不動は重に背を向ける。

拒絶する背を、重は黙ったまま見送った。


不動がいなくなった後、重は部屋の奥に向かった。

組員たちの詰めている大部屋の更に奥に、重の与えられている部屋がある。とはいっても、不動の衣装部屋を兼ねている狭い部屋だ。

襖を開ければ、まだ張り替えたばかりの畳の匂いがした。廊下に繋がる障子は閉ざされ、柔らかい光が四畳半ほどの部屋に差し込んでいる。

重は畳の上に直に座り込む。

こっそりと、重はこの部屋に来るまでに持ち込んだ物を畳の上に置くと、中の物を広げる。包帯と消毒液だ。不動には気づかれなかったが、シャツにはじっとりと血が浮かんでいる。このまま工房に戻れば、道すがら通行者に見咎められ、不審げに見られた揚句《あげく》、通報でもされそうだ。一人、シャツのボタンを外すと、肩からするりと落としていく。消毒液を手に持ったとき、いきなり何の声掛けもなく襖が開いた。

「な、誰だ…っ」

驚いて、すぐに背後を振り返る。そこに立っていたのは、意外な人物だった。

「不動さん…！」

重は慌ててシャツを引き上げると、前を掻き寄せる。袖ももちろん下ろし、傷口を隠した。

不動は遠慮なく、ずかずかと室内に入り込んでくる。

「な…っ、いきなり、何の用ですっ!?」

「用があるから来たんだ」

不動はどっかりと重の横に腰を下ろすと、重の腕を引き寄せる。

「あ…っ！」

バランスを崩し、重は不動の身体に倒れ込んでしまう。

(あ……)

広く逞しい胸だった。それは、もう久しく忘れていた不動の硬い胸板の感触だ。

思わず縋《すが》りつきそうになって、その指先を重は押し留《とど》める。それに不動も、バランスを崩し己の身体を支えようと不動の胸元に置かれた重の腕をすくい取り、胸元から押し戻した。

（…っ）

迷惑がられたのかもしれない。

邪険《じゃけん》に振り払われるような仕草に、重は己の立場を思い知らされる。

不動にとっては、重の忠義も、そして想いも、迷惑なものでしかないのだ。

だから決して彼には、自分が心から彼に惚れているなどと、知られてはならない。

不動は、一度は引き上げた重のシャツを、引き下ろそうとする。

彼の意図が見えなくて、驚き見上げれば、不動の視線は重の腕に落とされていた。

庇うように、重は腕を押さえる。だがすぐに、不動によって外されてしまう。

「見せてみろ」

不動が重の袖を捲り上げた。袖の下には、一筋《ひとすじ》の痕《あと》がついている。

不動が薬箱に手を伸ばした。消毒薬を取り上げると、丁寧に重の血を拭《ぬぐ》い始める。

（え……）

「まったく、こんな傷、こさえやがって」

彼は憤慨《ふんがい》したように吐き捨てる。悔しそうに顔を歪めてみせた。まるきり、重のことなど気にもしていないと思ったのに、意外な仕草に重の胸が音を立てる。

彼は、黙ったまま重の腕に包帯を巻きつけていく。

「…痛むか？」

「…いえ」

重は言った。

二人きりの、時間。

…訊いてみようか。ふと、咽喉元まで込み上げる。最近の絵の具に仕込んだ麻薬の密売、それを自分に訊かないのは、自分を信頼していないからなのかと。

なぜ、構成員にしてもらえないのかと。

包帯を巻き終えるまで、黙ったまま不動はそこにいた。


友禅の新作の、発表会がホテルで行われる。

重も幾つか出展している。花兎《はなうさぎ》や、お手玉、可愛らしい手描きの柄に、招待された少女がほう…っと溜め息をつきながら目を細める。豪奢《ごうしゃ》な振袖《ふりそで》の前には親子連れが、宝尽くしの訪問着の前では、年配の女性が足を止める。

友禅が吊るされ、並べられている景色は壮観だ。重が出展したのは、流水にぼかした秋草《あきくさ》の文様や、貝合わせ、そして花雪玉や桜…そういったものだ。

若い女性はその華やかさにうっとりと溜め息をついている。まだ名も通っておらず、それほど高い値はついてはいないが、重の雰囲気ある独特の絵柄を好む客も多い。技術的には至らずとも、目を捉え足を止まらせる何かが重の絵にはあると、評していたのは誰だったか。

重は羽二重《はぶたえ》を着て、出席していた。

品のある親子連れが多い中、スーツ姿の迫力ある男が姿を現す。景浦だ。

重は思わず、眉を顰めた。つい、本音が出てしまう。

間の悪いところで嫌な奴に会ったものだ。通り一辺の挨拶だけすませ、重はその場を離れようとした。

「用件がないならこれで」

「待てよ。そうつれないことを言うんじゃない。俺は客だ。この友禅の値段は、お前込みということでいいのか？　俺はお前込みで買わせてもらおうか。いいな？」

「…よそを当たってください」

「悪かった」

むっとした表情をすれば、景浦は口の端を上げた。

「安すぎるな、この値段じゃ。もっと自分の才能を、評価した値段をつければいい。それに、お前込み、ってことになれば、あっという間に完売するだろうよ」

景浦が重の前に立った。

「この友禅を外してくれ。近くで見たい」

本当に、景浦は客として、重に接するつもりなのだろうか。

警戒は解かずに、重は友禅を取る。

他の作家も、若い女性に頼まれて、友禅を外し彼女の肩に掛けているのが見える。

その横には、母親が満足そうに、娘の姿を見つめている。

婚礼に、持参するのだろうか。友禅もそんなふうに使われれば、作家冥利《みょうり》に尽きる。大切に、子供へと受け継がれていくだろう。だが、景浦が重の友禅を手にするのは、愛人か、誰かに渡すか…どちらにせよ、大切にされるとは思えない。

精魂《せいこん》込めて制作した作品が、大切にされないのを思えば胸が痛む。いくら高価な値をつけて買われても、気に入られなければ、それは重の意図するところではない。どれほど安くても、本当に気に入って、着てくれなければ、友禅が可哀相《かわいそう》だ。

着物の柄には好みがある。だから、本当に気に入ってくれた人に、買われていけば、それが一番なのだ。袖を通すときの高揚感《こうようかん》、身にまとうときのはしゃぐような嬉しい気持ち、そういう表情を見るのが、重は好きだった。

人のために、喜んでもらえることをすること。それが、重の生きがいでもある。

名誉《めいよ》や金儲《かねもう》けのために、友禅を使ったりはしない。美杉工房、そしてそれに繋がる景浦、父の死の真相を思うたび、いつもその名が胸に棘のように突き刺さっている。

「こちら…ですが」

一応客として、丁寧に接しながら、景浦に友禅を手にとって見せる。

彼は手に取ろうとはせず、重の腕の友禅を見たままだ。

「やはり着てみなければ、柄というのは分からないな。肩から掛けてみろ」

「…私が、ですか？」

「そうだ」

重は周囲を見渡す。

作家や仲介の業者は皆、接客に忙しそうだった。赤の他人の客の女性に、頼むわけにもいかない。仕方なく、重は自分の描いた友禅を肩に掛け、袖を通した。

「ほう…」

男性は柄物の着物は着ない。代わりに襦袢《じゅばん》でお洒落《しゃれ》を楽しんだりはする。こんなふうに友禅を身にまとうなど、重は考えたこともなかった。

景浦は友禅を掛けた重を見ながら、目を細める。鋭い眼光に、…以前自分が男の欲情に晒された時と同じ気配を感じた。

男に抱かれる、…それは不動のそばにいても久しくされていない行為だ。不動は、以前重を抱いたきり、今は触れてはこない。

「それをもらおう」

「分かりました。…ありがとうございます」

客が買いたいと言っているのなら、重に拒むことはできない。

「小切手を用意しておく。包んで部屋に持って来い。仲介者には話を通しておいてやる」

強引に、景浦は重に命令した。

重は仕方なく、言われた場所に友禅を包み持参する。

景浦は仕事があったのか、友禅の発表会の会場のすぐ上の階に、重を呼び出した。ホテルの二階には発表会に使われたホールがあり、三階は主に会議室が並ぶ。

だから、重は言われた会議室に、友禅を持っていった。

部屋であれば、多少は警戒したかもしれない。それも、前回、景浦の若い衆を傷つけた制裁を受けるかもしれないという面で、だ。だが、指定された会議室に向かう直前に、手前の部屋が開いた。中から伸びてきた腕が、重の腕を掴む。

「何を…っ、うっ！」

重が驚き、悲鳴を上げる前に、重の口唇が、大きな掌で塞がれる。

そして、強靭《きょうじん》な力で部屋の中に引きずり込まれた。

「な…っ!!」

扉がぴったりと閉ざされる。

重が振り向けば、そこには景浦の姿があった。

（しまった…！）

会議室の並ぶ場所の手前には、客室も幾つかあったのだ。

部屋に並ぶのは、ダブルのベッドだ。圧倒的な力で、重はベッドへと引き倒される。

嵌められたと気づいたのは、その時だった。


「何をする…っ!?」

重はベッドの上で叫んだ。

「おや？　この友禅を、お前込みの値段で買いたいと、俺は言っていたはずだが」

「俺は、承知していない」

景浦が、ベッドに片膝を乗り上げてくる。腰をついたまま後退されば、ベッドヘッドに背が当たった。重を見下ろしながら、景浦がニヤリと笑う。

「どうせ力では敵わないんだ。俺ならお前を、楽しませてやれる。満足させてやるぜ？」

重は軽蔑の目を向ける。重はセックスを、楽しむためのものだなんて、思ってはいない。

だが景浦は重をそんな性質だと思っている。

「俺の元に来ないか？　まだお前はあの組じゃ、準構成員扱いだ。俺の気に入りとして、地位だって与えてやる。お前が来れば、歓迎してやる」

「…安くみられたもんですね」

確かに、重の組での立場は微妙だ。それをつらく思うことも多い。でも、地位につられて裏切るような気概もない。

「俺は確かに、準構成員だ。でもあの人には恩がある。だからたとえ、重く扱われずとも、忠義を守り通す」

忠義、そう告げたとき、景浦の目が妖しく光る。

「だが、あいつに惚れてるんだろう？　忠義だ恩人だなんて御託《ごたく》を並べるな。本当は、ただ惚れてる。それだけのくせに」

重の強気な態度に、動揺が走る。一番効果的な言葉を、景浦は用意していた。人の心を抉る一番効果的な言葉を分かっていて、タイミングよく使う。善良で素直な人間にはできない芸当、それを意地の悪い人間はやってのける。

「あっ！」

景浦が重の袖を引き上げたのだ。そこには、景浦の手下によって付けられた、傷跡がある。それを、不動は手当てしてくれた……。

傷は浅く、既に紅い筋が残るだけだ。

「傷を見せてみろ。まったく、綺麗な肌に不似合いなものを付けて。もったいないな」

嘲笑《あざわら》いながら、景浦が掴《の》んだままの重の手首を、引き寄せる。そのまま、重を胸に抱き込む。景浦が、重の身体に圧し掛かる。彼は重の脇腹に掌を這わせた。ぞわりと悪寒《おかん》が背筋を這い上がる。

「やめろ…っ!!」

景浦が重の首筋に顔を埋めた。耳元でわざと吐息を送り込みながら言う。

「身体が、疼くんだろう？　あいつはお前に手を出しちゃいない。相手にもしちゃいない。違うか？」

重の髪の香りと、甘やかな体臭を、味わうように景浦が吸い込む。

「俺なら、毎晩お前を可愛がってやるよ」

「俺にも、相手を選ぶ権利はありますので」

重はき…っと鋭い瞳で睨みつけると、言った。

「言うな」

きつい目を向けられても、景浦は怯《ひる》まない。卑怯な人間であっても、一応は組の若頭だ。

「ぞくぞくする。お前みたいな鼻っ柱の強い人間を、無理やり犯すのは、さぞかし楽しいだろうな。特に、あの男を愛しくてたまらない…なのに抵抗できずに俺に犯されるんだと思うと、興奮して腹の底が熱くなる」

（……っ）

「本気か…？」

まだ、重は景浦を舐めているところがあった。景浦は充分女性にもモテる容姿をしている。男を相手にする必要があると思ってはいなかった。

「もちろんだ。お前は、あの男を想いながら、俺に犯されるんだよ、今から」

本当に性交を、強いようとしている……。

「…どうせ、あいつはお前を何とも思っちゃいない。組が、一番大事だ」

「俺は、それでもいいと、思ったんだ…」

言葉に、力がないのが分かる。

「…忘れればいい。お前に振り向かない男なんざ」

「……」

心が弱っているときに、その言葉はこたえる。だが。

「うるさいこと、言わないでくれませんか？　あなたには、関係ないことです。そんな言葉で裏切るほど、やわな性格はしていない」

「悲しいほどの忠義だな。だがそれをあいつは、ちっとも理解しちゃいない」

ちっとも理解していない。言葉にして事実を告げられれば、胸が疼いた。

「く…っ！」

腰紐を引き抜かれ、ベッドヘッドに両手首を繋がれる。着物の前を開かれた。艶《なまめ》かしい白い肌が、痛々しくも男の眼前に晒される。

「まったくもったいない。こんな身体を、毎晩、誰も可愛がってないだなんて」

景浦が重の胸に掌を這わせた。ぴくり、と重の身体が跳ね上がる。

「反応も、悪くない。お前、男の経験、あるだろう？　お前みたいなのが、今まで無事でいられたわけがないだろうな。誰だ？　その幸運な男どもは」

掌が重を感じさせるように、肌の上を這い回る。

「く…っ」

気色悪いだけだ、そう思って重は口唇を噛み締める。だが、景浦は重の身体で楽しむための言い訳を、用意していた。

「不動がお前の身体を慰めてやらならないから、火照ったお前の身体を俺が抱いてやるんだ」

重を抱くのは、不動が重を抱かないからだと。

「お前の身体は、男に抱かれるためにあるんだよ」

男に抱かれるため、など、男として性を受けた者に対して、屈辱的な言葉を向けられる。

景浦の爪先が、重の胸の尖《とが》りを引っ掻いた。

「あ、う…っ！」

低い重の声が、甘い媚《こび》を帯びたように濡れる。

「いいぜ、お前の声…」

景浦の身体が、重の上に重なってくる。耳元に口唇を触れさせ、官能を送り込むように囁きながら、舌で耳朶《みみたぶ》を舐め上げる。

その間も、景浦の指は、重の胸の突起を弄り回すのを止めない。

じん、と重の身体の奥の芯が疼いた。

以前友禅を買いに来た客、その女性の艶めいた表情が浮かぶ。彼女は誘うように不動の胸元に掌を這わせ、彼女の腰を抱く不動の姿を見せつけられたのだ。

その後、ぴったりと襖は閉ざされた。外で彼を待つ間、彼が何をしていたのか、重は想像することだけしかできない。ただ、彼女が部屋から出てきた後、その襟元《えりもと》は乱れていた。ほつれた髪を直しながら、あでやかに微笑む彼女の、優越感の滲む顔を見せつけられた。

不動は重を外に待たせている間、彼女を抱いていたのだろう。

閉ざされた襖の、すぐ外で待つのはいたたまれず、重は工房でずっと身体を熱くしていた。

下肢が疼き、抱かれてもいないのに身体を熱くしていた。

両肩を自らの腕で抱き、衝動を抑えた。その時の記憶が蘇《よみがえ》り、景浦の掌に不動の掌を重ねてしまう。だから、記憶に煽られた身体は、愛撫の手に反応してしまう。

不動が重を抱かないのは、より楽しませる相手が、いくらでもいるからだろう。…重の身体に飽きたのかもしれない。

「う、く…っ」

「嫌々ながら苦しげに眉を寄せてる、そういう顔もそそる」

嫌がるほどに、景浦は楽しそうに低い笑いを零す。

「その低い声も、男を無理やり犯してる、って実感できていいもんだ。お前みたいに一本筋が通った男を犯すってのは、征服感を満足させるものだな」

「く、…っ、」

「どうした？　止めろとは言わないのか？　まあ、賢明な判断だな。無駄な労力を使うだけだってのが、よく分かっているとみえる」

生温かい舌が首筋を何度も行き来する。ぞくり…と痺れるような感覚が背筋を這い上がる。

「あ、ああ」

胸を潰され、捏《こ》ね回されながら、重はいいように肌を吸われ、反応を楽しまれた。

悔しいのは、そうされて熱くさせている自分の身体だ。反応を知られたくないと膝を閉じ合わせても、腰が微かにくねる。ベッドの上で身悶える重に、景浦はほくそ笑む。たっぷりと、重の痴態《ちたい》と嬌声を、楽しむつもりらしかった。

「く、ン…っ」

鼻に掛かった吐息が洩れた。それは酷く甘い。重が胸の突起を尖らせ、思わず胸を突き出す姿勢を取れば、彼はそこに舌を這わせ、舐め上げた。

「あうっ…！」

びりり、と痺れるような悦楽が走った。不動は重の身体を求めない。飽きられたのに、自分だけが彼を見て、身体を火照らせている……。

(抱かれたいんじゃない…)

ただ、快楽を求めたいのではない。不動だから、不動だから触れて欲しいのだ。

こんなふうに、身体だけ、昂《たか》ぶらされたいのではない。

抱かれなくてもいい。…優しくされたかった。仲行のように。

一度懐に入れた者には、とことん不動は甘く優しい。どうして、自分にはあんなにそっけないのだろう。つれないのだろう。

「やめ……っ!!」

（不動さ…っ…）

眦の奥に、不動の姿が浮かぶ。なのに、自分の身体に触れるおぞましい二本の腕は、彼の腕じゃない。圧し掛かる男は、不動じゃない。

（助けて…）

いつかのように。いつも彼は、重が困ったときに現れる。けれど不動は現れない。当然だ。この部屋は、重でさえ予想していなかった場所だ。赤の他人が見つけるには、難しすぎる。

「俺は幸いお前を気に入っている。壊して使い物にならなくなるのは俺もつまらないからな」

景浦が潤滑油を指先に垂らし、重の蕾に塗りつける。とうとう、重は他の男の…不動以外の男に、抱かれるのだ。

重は口唇を噛み締める。もがいても手首にがっちりと食い込んだ紐は、外れない。

しかも、景浦は不動の敵だ。敵に抱かれる。二重の苦しみが、重を襲う。

けれど今回は、別の場所から、助けが現れた。

扉が外からノックされる。不審がられないよう、ノックした男は、先に名乗った。

「景浦さん、但馬《たじま》です。…恐れ入ります。お時間です」

「…時間か。俺を呼びに来たらしい」

組の配下が、景浦を呼び出しに来たのだ。

「仕方ないな」

残念そうに景浦が重から身体を離す。安堵が重を包み込む。だがそれはすぐに突き落とされる。景浦はすぐには部屋を出て行かなかったのだ。

「そうあからさまに安心するなよ。このままお前を解放する気なんてこれっぽっちもないぜ」

「何を…」

景浦の手には、香油を含んだキューブが握られていた。

「少し出てくるが、用事を済ませたら戻ってくる。それまで、…お前はこれで準備して、…楽しんでろ」

さも楽しそうに景浦は笑いながら、重の後孔にキューブを押し当てた。

「や、やめ…っ！」

けれど景浦の力強い指先は、重の中にキューブを押し込んでいく。

「何を入れたんだ！」

「さあ、すぐに分かるようになる。どれほど経験を積んだ花魁でも素直になれるものであることは間違いないな」

景浦にはぐらかされる。深い不安が、重を包み込む。

「だが、お前は、俺が出て行ってよかったと思うより、早く俺に戻ってきて欲しいと、思うようになるだろうよ」

妖しい言葉を残すと、景浦は着衣を整え部屋を出て行く。

重は両方の手首をベッドヘッドに括《くく》りつけられたまま、口唇を噛み締めた。

景浦がいなくなった後、重は大人しく景浦が戻るのを待つつもりはなかった。

「く…っ…」

精一杯首を伸ばす。苦しい姿勢であっても、何度も身体をずり上げ、必死で手首を拘束する紐に口唇を近づける。紐に歯を立てる。

「ん…っ、く、う…っ」

固い結び目に歯を立てる。何度も、何度も。

苦しかった。首が痺れ、眩暈がしてくる。必死だった。けれど諦めるつもりはなかった。景浦が戻ってきてしまう。それはいつになるか、分からない。急がなければ。不動に抱いてもらえなくても、重は不動を裏切るつもりは、ないのだから。

「う…っ！」

そのうちに、結び目が緩《ゆる》んでくる。懸命に歯を立て続ける。そして、充分に緩んだところで、重は両方の手首を思い切って動かす。もがき続けるうち、手首が抜けた。

（やった…！）

重は手首を引き抜くと、起き上がる。手首は真っ赤に腫《は》れ上がっていた。

乱されていた着衣を整えると、重はホテルの部屋の扉に向かう。

覗き窓から外を確かめ、人の影が映らないことを確かめてから、重はゆっくりと部屋の扉を開けた。重を拘束していることで、充分だと判断したのだろう。それに、他の客もいる一般のホテルで、扉の前に屈強な男を置いておくのは、従業員の不審感を煽るだけだ。景浦は見張りを置いてはいなかった。

　重は足を速め、その場を抜け出した。


（何だこれは…）

身体の奥底から這い上がってくる痒《かゆ》みに、重は深い困惑に突き落とされる。

やっと景浦の元を逃げ出せたのに、足が鈍る。

「う…っ…」

熱い、吐息が零れ落ちた。重はとうとう足を止めると、電柱に身をもたせた。

軽く、身体を休める。だがいつまでもここにいるわけにはいかない。早く、先ほどのホテルを離れなければ、景浦が追ってくるかもしれない。今頃、重がいないことに気づいただろう。そう思って、重い足をやっと動かす。引き摺るようにして、一歩一歩前へ進む。

　さっき、無理やり後孔に捻じ込まれたキューブ…あれが歩くたびに音を立てて潰れる。最初は何を捻じ込まれたかよく分からなかった。ただ、時間が経つにつれ、次第にそれが体内の熱で溶け出し、苦しいほどの痒みを内壁にもたらすようになった。それだけではなく、下肢全体が痺れるようになる。

「…どうかしましたか？　大丈夫ですか？」

親切な通行人が、重の肩を叩いた。

ビクン！　と過剰なほどに激しく、重の肩が跳ね上がる。

ぎょっとしたように、通行人は手を離した。

重は荒い息をつく。重の顔を覗き込み、しまったと言いたげな表情が彼に浮かんだ。きっと、何かまずいものに関わってしまったとか、そういうふうに思ったに違いない。

「す、すみません。何でもないんです」

慌てて重は言った。彼の親切心に対する謝罪と、犯罪に関係しているのではという邪推《じゃすい》を避けるためだ。

「そうですか、…では」

重が言うと、彼はほっとしたのだろう。さっさと立ち去っていく。

（く…っ）

いなくなった後、重は自分の身体の変化にも戸惑った。

単なる通行人である彼に、何の感情も持ち合わせてはいない。なのに、彼に触れられた部分が、熱を持ったようになっている。彼に触れられて、重は感じたのだ。今は、頬に触れる風も何もかもが、重の肌を熱く火照らせる。全身が、性感帯《せいかんたい》になったみたいだ。

（この…キューブのせいか…？）

早く掻き出してしまいたい。

工房や、自宅に戻ることも考えたが、抜け出した後、景浦が重を追ってこないとも限らない。ひとまず、自分を守ってくれる所、それだけの人間がいる所、それは不動の組をおいて他にはない。火照った身体を休ませることだけは、許してもらおう。

門をくぐる時だけは、できるだけ平静を装《よそお》って…。

それが、できるだろうか。重は両腕で己の身体を掻き抱き、眉根を寄せる。

必死で足を動かしていると、やっと見慣れた家の門が見えてくる。すると。

「矢島さ…！」

門の前にいた不動の舎弟《しゃてい》の一人が、重の姿を見て、目を険しくする。

（……？）

今までに重が訪れた時には、なかった反応だ。嫌悪を向けられるようなことを、何かしたのだろうか。しかもそれには、はっきりとした憎悪に近いものがあった。

「こっちに、来て下さい」

彼は自ら重に歩み寄ってくる。

嫌な予感がした。険しい双眸で睨みつけながら、重を中へといざなう。本当は、いつもの衣装部屋へでも、倒れ込んでしまいたかった。家に入れば、組員たちの表情全体が険しい。

慌《あわただ》しい雰囲気を感じた。一体、何があったのだろう。

「…不動組長。…矢島さんです」

板張りの廊下の、ある部屋の襖の前で、重をここまで連れてきた構成員が膝を折る。

重も続いて跪《ひざまず》いた。

「入れ」

「失礼いたします」

呼びかけに、許可が与えられる。す…っと襖が横に引かれ、奥の部屋へと通される。

「な…っ！」

目の前に広がる光景に、重は目を見開く。

不動が胡坐《あぐら》をかいて座る横で、組員が彼の腕に包帯を巻いていた。不動は肩から着物を落とし、彼に手当てを任せている。

「怪我は…!?」

状態が心配で思わず、駆け寄ろうとした。だが、それを組員に制止させられる。まるで重が不動のそばに寄るのを、許すまいとするかのようだ。

（…っ!?）

不審さがいっそう募る。一体、何があったのだろう。本当は、不動のそばに駆け寄り、彼の身体の傷の具合を確かめたかった。

深いのか、浅いのか、すぐ治るのか。なのに、そばに寄ることも許されない。

手当てを終えると、組員に着物を着せ掛けられ、不動は袖を通した。

着物を着れば、彼にはどっしりとした風格がある。着物を着せ掛けること…それは重の役割だったはずだ。

背後に立つ行為、それを許されるのは、不動がよほど心を許した人間だけだ。

重のことは、それほどに信頼してくれているのだと思い、重はそれを誇りに思っていた…。

「どうしたんですか？　それは」

「どうした、ですか？」

着物を着せ掛けていた彼は、ピクリ、と眉を上げた。

おかしい。やはり先ほどから重に向けられる態度には嫌悪が混じっているような気がする。

今までになかったことだ。ここには、重はそれなりの居場所はあったはずだ。一目置かれる立場として。

「今日、どこへ行ってました？」

詰問《きつもん》の口調が向けられる。

「友禅の発表会があって…」

言いながら、息が上がりそうになる。

それを必死でこらえながら、重は答える。

「京都国際ロイヤルホテルの展示場にいましたが」

「その後です」

「その後？」

重は景浦に捕らわれていた。その間にあったことは、口が裂けても言えない。

重は黙り込む。その態度は、疑惑を煽るだけだったらしい。

「言って下さい」

「……」

重は躊躇する。答えないほどに、その場に留め置かれる時間は長くなる。その間に、じっくりと重の中を、仕込まれた香油が浸透していく。熱い身体がもどかしくて、重は身じろぐ。

「……ぁ」

身じろいだ瞬間、体内を熱い衝動が突き上げた。堪え切れずに小さな吐息が零れ落ちた。

はっと重は口唇を掌で塞ぐ。組員たちが誰も気づかなかったその反応に、不動だけは驚いたように重を見る。

「組長？」

すく…っと不動が立ち上がる。心配そうに、横に控えていた組員が見上げた。

不動はまっすぐに重の元に歩いてくる。

彼の顔が見られない。畳の上を歩き、近づいてくる不動の意図が分からない。ただ、はっきりと分かるのは、近づくほどに身を切られるような迫力を感じるということだ。

「一体、何があったのですか？」

震える身体を押さえつけ、重は逆に訊いた。

なぜこれほどに、自分が責め立てられなければならないのか、分からない。

「あなたがよく知っているでしょう？」

組員が、不動の代わりに言った。

「組長が狙撃《そげき》されたのは…」

「…おい」

不動が制止する前に、彼は憤《いきどお》りを込めて言った。

「あなたの名前で呼び出されたからですよ」

「な…っ!?」

「京友禅の発表会にあなたが出席していたことは、裏が取れています。けれどその後、景浦に呼び出されて、一緒に姿を消したことを、見ていた者もいます。しかもそれは、一人ではなく、うちの組と全く関係なく、利害関係も生じない人からの、証言もね」

重はさっと青ざめる。やっと分かった。組員の態度の変わりようが。

「最近、…絵の具に麻薬を仕込んだ密輸が、横行しています。うちの組は薬はやらないのですが…、掴まった高橋という絵師は、あなたとも知り合いだそうですね」

(俺は、疑われているのか)

以前、景浦が言ったとおりに。

だから不動は、重に事件のことを、伝えなかったのだろうか。

「あなたの姿が京友禅の会場から見えなくなった時間に、組長は狙撃されました。そしてあなたは、友禅会場からいなくなった後のことは、口をつぐんで言おうとはしない。ここであなたを捕まえなかったら、逃げるつもりだったんですか?」

捕まえられたのではない。

重は自分の意志で、ここに戻ってきたのだ。不動ならば…助けてくれると思って…。

けれどそれは、甘い考えだったことを知る。

周囲はすべて、敵に変わったのだ。不動が膝を折る。重の両腕を掴んだ。

(…あ)

吐息を零さなかったのは、奇跡だ。重の肌は、敏感になりすぎている。

不動に触れられれば、奥底が疼いた。頬が火照っているのが分かる。そして、瞳が潤《うる》み始めているのも。

「俺の顔を見ろ、重」

命じられ、重は初めて不動に背《そむ》いた。景浦に仕掛けられた淫靡な時間を思い出し、顔を背けてしまう。

『お前に振り向かない男なんか、やめろよ』

景浦の言葉が蘇る。

『お前のことなんか、あいつは何とも思っちゃいない』

…景浦の愛撫に、不動の掌を重ね合わせて、思わず熱い吐息を零した自分。惨めさが募る。

「何があった?」

重は口唇を噛み締める。景浦には、最後まで支配されたわけではない。だが、どの段階までを裏切っていないとするのだろうか。最奥《さいおう》を捧げずとも、身体中に、景浦に付けられた跡が散っている。

抱かれていないと、主張もできない。身体を見られれば、抱かれたと信じる証拠は充分だ。

秘められた場所を晒せば、その狭さに信じてもらえることはあるかもしれない。

寸前に受け入れたにしては、そこは広がってもほぐれてもいない。

けれど、不動は重を抱かない。そして、不動は麻薬のことを、重に訊ねなかった…。景浦の「お前は信頼されていない」その言葉が、重の胸を抉る。

構成員になれないのも、不動が重を信頼していないせいだろうか。

最初は、いくら他の組員が重を責め立てても、不動は一緒になって責めようとはしなかった。重のことを、わずかでも信頼してくれていると……信じたかった。

「…だんまりか」

不動は、それ以上重が素直に口を開かないのが分かると、重の両腕を掴んだ。そして。

「な…っ！」

ば…っと音が出るほどに勢いよく、不動は重の襟を開いた。突然の行為に、重は前を隠すことができなかった。

「お前…」

不動が絶句する。

(見られた…！)

重の胸元には、紅い跡が散っている。自分ではつけられない場所だ。そして、じっくり楽しむと言ったとおり、景浦は執拗《しつよう》に重の身体を愛撫した。

身体中にその口唇を落とされた。じ…っと強い眼光が落とされる。肌が焼け尽くされそうな強い視線だ。いたたまれずに重は、口唇を噛み締めたまま顔を逸《そ》らす。

「何があった？」

「……」

「言わなくても、こうして証拠を身体中にべたべたとくっつけていれば、無駄な抵抗にしかならないな」

不動の横で、組員が、不動の代わりに、憎々《にくにく》しげに重を見た。

「景浦に抱かれたのか？」

低い声が、重を取り巻く。

不動はいつにない迫力を漲らせているような気がした。怒りを顔に浮かべることはない。だが、怒りを抑えつけていることが感じられた。だからこそ一層、恐ろしい。

「抱かれたから、裏切ったのか？」

「……」

「それとも、元々繋がっていたのか？」

重は、はっきりと自分の顔から血が引くのが分かった。

不動が、自分を疑っている。それは、今までに絶対になかったことだ。

たとえ大切にはされなくても、信頼はされていると思っていた。彼の衣装を整え、背中を任される。それを……。

どんなことがあっても、不動を支えたい。その忠義を、理解してくれていると思っていた。

なのに。どれほど冷たくされても、それでも彼にすべてを捧げ尽くしてきたのは、不動を心から尊敬していたからだ。限りない恩義を感じていたからだ。だから、身体の関係がなくても、自分の身を弁《わきま》えていた。

本当は自分を相手になどする必要がない人だ。周囲には、彼を満足させられる魅力ある女性が大勢いる。性技《せいぎ》においても。重を相手にしなくなるのは、当然のことだと思っていた。重も、不動に本心を悟られないよう、つとめていた。

惚れた腫《は》れたを持ち込めば、隙を作ることになる。そんな甘い世界でもない。

ただ、恩義と忠義、そのために彼に尽くしているのだ、義侠《ぎきょう》に気持ちをすりかえれば、この世界では生き易い。そして、不動もだからこそ、重をそばに置いている。

下手な色恋沙汰は、不動が嫌うところだ。

だから、重も気持ちを隠す。

「出て行け」

重の前をはだけ、着物を肩から落とし、両腕を掴んだまま、不動は周囲の組員に命じた。

「は…っ」

これからどんな制裁が行われるか、予想したかのように彼らは素直に部屋を出て行く。

いい気味だ、そう言いたげな視線を重に向け、胸のすいたような態度で、去っていった。

「お前が強情な人間だってことは、俺がよく知っている」

不動は言った。

「どうすれば口を割らせることができるか、それより景浦と何があったか調べるのに、一番簡単な方法はこれしかねえだろうな」

「何…っ…」

不動が重の身体を畳の上へ、直に押し倒す。膝裏に掌が差し込まれ、強引に着物の裾を割られた。

「やめ…っ！」

普段の重ならば、これほど易々と身体を開かれたりはしない。だが、今の重は普段と違う。薬は柔らかい内臓に直に浸透し、既に効果を発揮している。

慌てて逃げ出してきたため、重は下着を着けてはいない。

「お前…」

開かれた両足の狭間、奥の部分から、とろりと香油が溢れ出す。

どれほど経験を積んだ花魁であっても、身悶え自ら身体を投げ出すという、昔から使われてきた強烈な秘薬らしい。

白檀《びゃくだん》に近い香りが、ぱ…っと周囲に散った。男の欲を誘う香りだ。そして、仕込まれた女を狂わせる。

重は女ではない。だが、狂おしいほどの欲情を、身体の根に植えつけられている。そして、男を既に知っている。散々不動に抱かれ、蕾はどうすれば男を受け入れ感じるのかを、覚えているのだ。

その記憶が一層、媚薬による効果を高める。

「ここを、弄らせたのか？　景浦に」

滴り落ちる香油を、不動が見下ろす。後から後から溢れてくるそれは、中を弄られなければ絶対にありえないことだ。

「もう、やめ…っ！」

不動は視線だけで、重を嬲ろうとする。片方の太腿を畳の上に押さえつけられ、もう片方の膝裏を掴まれたまま、大きく広げられる姿勢…そして、その狭間を、視線だけで嬲るように、不動は見つめているのだ。

見つめられただけで、身体は既に疼きまくっている。

それだけではなく狭間で、はしたないものは浅ましく勃ち上がり始めている。

触れられてもいないのに、身体は感じている。

目で、犯される。ぼう…っと重の思考が淫らに霞んでいく。

「中まで、抉らせたのか？　やつのものはよかったか？」

不動は存分に視線だけで重を嬲った後、指先を後孔に滑らせた。

「ひ…っ！」

酷く強引なやり方で、一度に二本の指が突っ込まれた。

「う、わああ…っ」

一辺に最奥まで穿《うが》たれ、重は悲鳴を上げげた。

ほんの入り口に香油を仕込まれ、奥へと押し上げられたけれど、重の蕾は長大な男根で穿たれたわけではない。香油の力で蕩けきっているけれども、開ききってはいない。

そこを一息に穿たれれば、裂けるような苦痛が走った。精一杯抵抗するほどに、重の着物は乱れていく。

畳の上で、重はもがいた。着物は乱れきり、腰紐一本だけが、かろうじて重が全裸になるのを防いでいる。もがくほどに胸元が露呈する。襟元を掻き合わせようとしても、指先にうまく力が入らない。薬は既に全身を侵し、指先までをも痺れさせている。

「いい格好だな、重」

冷たい、声だった。これほどに冷たい不動の声を、聞いたことがない。

本気で。不動が重に覆いかぶさる。額に、前髪が零れ落ちる。艶めいた男の色気を、いつも好ましい思いで見つめていたが、今は違う。

(怒って、る…？)

せめて…少しでも身体を隠したい、そう思って、重は襟元を合わせた。

「あ…！」

ぐちゅ、と音を立てて、後孔が抉られる。

いやらしい音を聞きたくなくて顔を振れば、髪を結ぶ紅い組紐が解ける。

艶やかで長い黒髪が、広がっていく。

「あ！」

不動はさっさと指を引き抜いた。性急な仕草で、蕾に先端が押し当てられる。

まさか…。重は目を見開く。

（俺を、抱くのか…？）

今の自分は両脚を広げられている。そして狭間に下肢を押しつけられている。

太腿に一瞬触れたそれは、酷く熱い。

あれほど焦がれた不動の身体なのに、今はひたすら身体が強張る。

重が欲しいのは、彼の身体ではなく、自分を抱き締める腕、だ。

けれど、不動は重を早急に貫いたりはしなかった。

（抱かない…？）

縛らずとも、もとより不動の力に、重が敵うわけがない。潤みきった瞳のまま見上げれば、不動はいきなり、重の口唇を吸った。

思うままに力の入らない指先で、重は彼の胸を押しのけようとする。けれど、結局は敵わず、再び襟元を押さえたまま、重は不動の口唇を受け入れた。

顎を上向かされ、激しく口腔を吸われる。激しすぎて、強い、キスだった。

舌を逃がそうとしても捕らえられ、強く吸い上げられる。官能を送り込まれるような口づけに、頭が次第に朦朧《もうろう》としてくる。重の指先から力が抜けていくのを見やりながら不動はもっと激しいキスを仕掛け始めた。くちゅくちゅとわざと音を立てて舌を吸われる。

音と官能で、重を追い詰めていく。舌を存分に愛撫され、重は気が遠くなるほどの愉悦を味わった。

(ん、ん…っ、激し、過ぎる…っ…)

こんな、セックスの快楽と錯覚するようなキスは、ついぞ重は受けたことがなかった。

時間をたっぷりと掛けて、重は舌を絡め取られ吸われ、口蓋《こうがい》を愛撫された。

肌はキスだけで煽られ、下肢がぐずぐずに疼きまくっているのが分かる。

重の身体が解け切り、力が抜けてからやっと、不動は重から口唇を離した。

透明な糸が、離れていく二人の口唇の間に引かれる。それは愛液のようにねっとりと粘力性があり、その淫らさに重は気が遠くなりそうになる。

(こんな、キス、しないでくれ…)

セックスの一部としての、キス。愛し合って情感が高まって口唇を求め合うのとは違う。貪るように、快楽を味わうための手段としての、キスだ。

口唇に引かれる糸が切れ、重は下肢を揺らめかせた。その時、じゅん…と陰茎が蜜を零すのが分かった。

(あ…。こんな…。俺…濡れてる…)

女みたいに、あそこを濡らしている。

勃ち上がった場所から蜜が滴《したた》り、茎を伝わり蕾へと流れ込んでいく。

陰茎がじん、と熱くなり、射精を我慢できないほどに膨らんでいる。

キスだけでこんなふうにされることなど、初めてだった。

不動の巧みさに、重は驚くばかりだ。キスだけでその気のない女でも男でも、落とすことなど不動にとっては朝飯前《あさめしまえ》のことなのだろう。

「キスだけで、そこを勃たせてるのか?」

言葉で、不動は重を嬲る。

「だったら、こっちにキスすれば、お前はどうなるのかな?」

不動が重の着物の襟元を、強引に開いた。

「や…っ」

両腕を拘束し、不動が重の胸元にしゃぶりつく。胸の尖りを舐め上げられ、重の牡芯にじん…と痺れるような熱さが流れ込む。

重はこんな場所で、しかも不動に身体を開かれるとは、思ってもいなかった。

身体は何の前触れもなく強引に燃え立たされて、しかも不動が慣れた手管《てくだ》で強制的に重を追い詰めるのだ。

重はおそるおそる視線を下げた。そこには、自分の胸にむしゃぶりつく、不動の舌がある。

不動の吐息が肌に落とされただけで、重の身体は敏感に震えた。

「あ!」

不動の顔が胸に埋まっている。しかも紅い舌が胸を舐め回しているのだ。

卑猥な光景に、一層身体の芯が熱くなるのが分かった。

(不動さんが…俺の身体を…)

ぴちゃぴちゃと舌先で舐めているのだ。見てしまうと嫌でも現実を認めなければならない。

「こんな跡を付けられて、気持ちよかったか？」

舌が一瞬離れる。ほっとする前に、不動が重の身体をじっくりと見下ろしているのが目に入る。不動が、男に付けられた跡を、存分に見つめている…。

羞恥に頭がぼうっとなり、気が遠くなりそうだった。

恥ずかしいのは、その行為にすら、身体がじんじんと激しく疼くことだ。

吸われた口唇も、舌先で尖りを突《つつ》かれた胸元も、何もかもが、不動の愛撫を待ち望んで、疼きまくっている。

「お前は、見られるほうが感じるみたいだな。…いやらしい奴め」

不動は重がどうされれば感じるか、理解したようだ。そして焦らすことが、どれほど重を激しく感じさせるのかも。

「お前のここも、じっくりと見てやる」

「あ…！　やめて…！」

不動は再び力を入れて、重の両脚を広げた。露わにされた下肢を隠そうにも、力の入らない重の身体と、不動の力には敵わない。

「あ…っ…あ…」

見られているだけで、重の口唇からは嬌声が零れ落ちた。不動ではない男によって淫らな香油を中に埋め込まれ、そして今、自分は香油を埋め込んだ男とは別の男に向かって、両脚を開いているのだ。

それもほんの数時間の間に。二人の男に、この身体を愛撫されている……。

性器を二人もの男に弄られているという事実に、眩暈と強烈な羞恥が襲う。まるで、自分の身体は、男に玩具《おもちゃ》にされるために、あるみたいだった。

「もう、見ないで…くださ…っ…」

不動はわざと、重が嫌がることをしようとする。

「だったら、もっとじっくり見られることを、してやろうか?」

重は目を見開く。不動はためらわずに上体を下方にずらすと、重の蕾の筋を、舐め始めた。

「ひぃ…っ…」

重は悲鳴を上げた。

両脚を押さえ込まれ、大きく不動に向かって、恥ずかしい部分を開いている。

薬によって身体に力が入らない中、女が陰唇を舐められるかのように、重は蕾を舌で愛撫されている。そして、そこは本当に、香油のせいでぐしょぐしょに濡れているのだ。中から、中から、受け入れる準備をしているかのように、香油が溢れてくる。

時折、不動はそれを美味《うま》そうに啜《すす》った。

「いい味だな、重。女だって、こうまでびしょびしょに濡らしたりはしないぜ」

「ん…っ」

女。不動の女に貶《おとし》められていく。今の自分は、景浦にとっても、不動にとっても、女扱いをされているけれど燃え上がる身体はどうしようもなく、舌が皺列を行き来するのを、期待しながら受け止めていた。

(中に入れて欲しい…)

この疼きをおさめるために。でも。

「舐め、るな…っ」

最後の理性が、欲望を抑えつける。

…本当は、もっと舐めて欲しい…。

そうは言えない。

(すごい…。不動さんの舌、熱い…)

そして巧みに重を狂わせる。自分の格好の淫らさに、脳が痺れた。

男なのに両脚を大きく広げ、膝を抑えつけられている。狭間には同じ男の顔を埋められ、陰茎ではなくその奥の、秘められた部分を舐められているのだ。

「中も、舐めてやるよ。入り口だけじゃなくてな」

不動が舌先を尖らせ、蕾から挿入した。

「や…っ!」

不動はねちねちと、重を責め上げる。

「中、汚…っ」

重は震えた。

「香油の味しかしねえな。それよりいやらしいな、中が熱くなって舌を締めつけようとする」

ぴちゃり…という濡れた音が耳を刺す。不動の尖らせた舌先が、中を往復する。入り口まで引き抜かれては、中を突き刺し、そして飴《あめ》をしゃぶるように舐め上げるのだ。

「あ、…っ、ん…っ。や…っ、めろ…っ」

ハアハアと、重は肩で息をする。

身体中から汗が噴き出してくる。もう限界まで感じすぎて、重は身悶えた。いやらしすぎる行為を受け止めて、それでも重は…。

（気持ち、いい…）

もっと、舐めて…。

蕾だけではなく、その上も。はしたなく蜜を零している部分も。けれど不動は、そこは弄ってはくれない。胸に蕾…本当に女として扱われているかのようだった。

「感じてるんだろう？」

不動が訊く。

「止めて欲しくないくせに」

嘘をついた重を咎めるように、不動は口唇を蕾から離してしまった。

「ン…っ」

思わず本音を告げる、不平めいた溜め息が出て、重は慌てる。

不動は重の反応を見透かしたように、口唇の端を上げてみせる。

ただでさえ、薬で鋭敏にされているのだ。なのに肝心な部分を弄られずに、執拗に胸や蕾を嬲られる。

「あ…」

拷問に近い責めに、重は啼《な》いた。だが、身体はもう、抵抗を諦めていた。

それよりも、早く彼の硬いものが欲しい。中に埋め込まれたい。

そうも思わされてしまっている。胸の突起は尖りきり本当の女のような反応をみせていた。

「…嘘をついた罰だ」

本当は弄って欲しかったくせに、抵抗ばかりする重に、不動は面白そうに言い放つ。

「朝までこのまま焦らして…入れずに嬲ってやるよ」

重はさっと青ざめた。

このところずっと、不動は重の身体を抱かなかった。今も抱くつもりはないのかもしれない。狂おしいほどに欲しいものを与えられずに、重は火照らされたままの身体を持て余している。こんなことが、朝まで続けられたら死んでしまう。

けれど朝まで責め抜かれたら。彼の口唇や指を、ずっと感じていられたら…。

そう思えば芯がさらに疼き、陰茎はじゅく…と蜜を溢れさせた。

「許して…ください…」

とうとう、重は陥落した。

気の強い瞳が切なげに歪み、男に懇願を吐く。

すると、視界の先で、不動の下肢のものが力を増すのが見えた。

（あ…っ…）

強く見えるからこそ、ふいに陥落するその瞬間が男の征服欲を一層かき立てる。…従順な女を抱くよりずっと、煽り、性欲を漲らせるのを、重だけが知らない。

不動は懇願を吐いた重を、許すつもりはなかったらしい。

蕾に指先を再び埋め込むと、中を穿った。

「ひ、あ…！　あうっ！」

舌よりももっと奥に、指が届く。それが前の部分を抉ったとき、激しい快楽が訪れた。

「お前のいい場所はここか？　いいのか？　いいならいいって言えよ」

命令しながら、不動が重の中で穿つのを止めてしまう。

「い、いいです…」

中を責め抜かれ、重はもう、いいなりだった。

不動は命令に従う重に気をよくしたかのように、重の尖らせた胸にも、舌を這わせてくれる。尖りきった場所は鋭敏になり、刺激に重は胸をじんじんと痺れさせた。

「ああ…っ、ン…っ」

次第に嬌声は高くなり、重は自分のものとは思えない声をあげ続けた。

「もっといい声で、啼けよ」

不動が重の中を指で穿つ。

「あ、んっ、ああっ、あああ…っ」

高い声で、命じられるまま重は啼く。

「もう、だ、め…っ」

全身を焦らすように責め抜かれ、翻弄された身体はどうしようもなく乱れきっている。

全身を性感帯に変え、今の重は男に抱かれるための身体であることを、自覚していた。

(この身体は…抱かれるため、の…)

景浦に言われた言葉が脳裏を渦巻く。

男に熱棒を捻じ込まれ、彼が中で存分に動き、自分の中で欲望を果たすのだ。

自分の大切な部分は、逐情のために、使われるのだ。

不動に差し出し、不動は重の身体を存分に嬲る。重が気を失っても、中でいやらしいものをずぼずぼと出し入れし、重を性欲を果たすための道具として扱うのだ。

「もっと、…感じさせてやるよ。死んだほうがマシだってくらいに、な」

不動の低い声を、重はどこか遠いもののように聞いていた。


不動が重の身体を抱え上げた。

畳の上に座らされる。

(……?)

腰紐だけを残し、着物の裾を割った姿は、何て淫猥なのだろうと重は思った。不思議に思いながら、重は不動を見上げる。てっきり挿入されるものだと思っていたのに、この姿勢はどうしたことだろう。

するると、不動は重の腕を取り、自らの下肢に誘《いざな》った。

（あ…）

思わず、手を離しそうになってしまった。それは熱く、火傷《やけど》しそうだった。

そして掌に、どくどくと脈動を伝えている。不動は重の首筋に掌を差し込むと、己の下肢に重の顔をぐ…っと引き寄せた。

重はやっと、不動の意図が分かった。舐めるのを求められているのだ。口腔で果てるのだろうか。

それよりも、自分の中に入れて欲しいのに…。そんな淫らな思考が押し寄せ、重の身体の疼きを激しくさせる。けれど、不動には逆らえず、重は不動の脈動を漲らせたものを、口腔に咥えた。それは、血管が浮き出て、生々しい感触を口蓋にもたらした。含みきれないほどに、大きい。

「ん…っ」

「生娘《きむすめ》でもないだろう？　お前が子供のころ、俺が教えてやったはずだ」

男を口唇で満足させる方法、それを重は既に不動に教わっていた。不動の剛直は大きすぎて、元々多くを含むことはできない。下方の茎は両の掌で扱き上げ、そして先端だけ、口唇で愛撫するのだ。

（すごい…不動さんのもの…）

硬くて、大きい。先端の割れ目を舌先でちろちろと愛撫し、その間も掌で扱き上げるのは休めない。

胡坐をかいた不動の狭間に這い蹲《つくば》り、まるで服従をするポーズで、重は畳に這ったまま、剛直を舐め上げた。時折わざと音を立てて舐め上げれば男の情欲を高めることができる…そう教えたのも、不動だ。

重は頭全体を上下に動かし、陰茎をずぽずぽと口内に出し入れした。不動のものの味は、久しぶりだった。

重の紅い口唇が、含みきれないほどに大きいものを咥え込み、口腔に出し入れする様子を、不動が強い眼光で見下ろしている……。

時折、重の艶やかな黒髪が、不動の陰茎に触れる。苦しげに眉を寄せながら男のものをしゃぶるのは、男の征服欲を一層煽るのだということも、重は知っていた。そして本当に、演技でも何でもなく、重は息を喘《あえ》がせる。

後孔の肉襞がひくひくと収縮しているのが分かる。男の勃起したものを舐めながら、身体を疼かせ、広がった部分は挿入を待ち望んでいる。

久しぶりに不動のものを受け入れることを想像し、重はひくんと身体を跳ねさせた。

咥えた不動のものは大きく、唾液をぬらつかせたそれは生々しい質感に満ち、受け入れる恐怖を感じさせる。だが、それ以上に期待が胸に押し寄せる。

間もなく両脚を限界まで広げられ、大切な部分に不動の勃起を押し入れられるのだ…。そうすれば押し寄せる快楽を、重は知っている。

「身体が疼くか？」

「…はい…」

「沈めて欲しかったら、…分かってるな？」

自分の身体のすべては、男の欲情を満足させるためにあるのだ。だから、重は必死で不動の怒張に奉仕した。

「ん、ん…っ」

舐め上げ、舌を茎に滑らせ、そしてちゅぱちゅぱと先端を吸う。自分を串刺しにする凶器を、必死で育て上げる。なのに、身体は熱く疼いたまま、脈動が浮かぶ男根を咥え続ける。

激しくそれが勃ち上がった後、不動はやっと、重の口唇から成長した男の証を引き抜いた。

「あ……」

口腔から不動の杭が離れていったとき、重はなぜか喪失感に襲われた。口腔に含むのが精一杯の大きなものが、息苦しい拷問のような時間を、重に与えたにもかかわらず。

不動とどの部分でも繋がっていたい、そう思ったのかもしれない。

畳に這ったままの重の前には、唾液の絡みついた勃起が、天を仰いでいた。

以前は男のものを咥え、奉仕することなど、考えもしなかった。けれど、不動に教え込まれるうちに、それができるようになり、次第に抵抗がなくなっていった。ぬらぬらと光る杭のあまりの淫らさに、重はくらりと眩暈を覚えた。

不動の力強い腕が、重の腰に回る。胸元に引き寄せ、抱きかかえたまま重の身体を仰向けにする。ゆっくりと、畳の上に身体を横たえられた。

重の身体の上に、不動が重なってくる。耳朶に吐息を吹き込みながら囁《ささや》かれる。低い官能的な声に、びりりと身体が痺れた。

「…入れて欲しいんだろう？　重」

ぞくりと背筋が戦慄く。香油を仕込まれてからもう、一体何時間経ったのだろう。

薬を仕込まれているのを分かっていて、不動は重を嬲り続けた。敏感になった胸の尖りを苛《いじ》められ、蕾ばかりを弄られた。重の蕾が綻《ほころ》ぶように花開いても、不動は今度は重に口淫を要求した。煽られ火照らされ、それでも達かせてはもらえない苦しさに、重の身体は既に限界を訴えている。小刻みに震えながら、それでも重は迷っていた。

…こんなふうに、弄《もてあそ》ばれるように抱かれることに。

重の初めての男は、不動だ。それ以来、重の身体は不動しか知らない。

重の身体の味を知っているのは、不動だけなのだ。どんなふうに淫靡に啼くのかも、そして口淫の技巧も。

不動が、重を、己好みの女に仕立て上げたのだ。昔から、金で買われた関係を続けていた。割り切る関係に本心を押し隠しながらも、それでも、…不動にずっと憧れと尊敬を抱き続けていた。その彼への忠節を守り続けてきたというのに、だからこそその気持ちを利用され、景浦に捕らわれた。

そして、一番信じて欲しい相手は、重を裏切り者として制裁の手段に性交を用いる。

…惨めさが、募る。

本当は、不動に抱かれたかった。

前みたいに、抱いて欲しかった。

重が初めてだったことを知った後、びっくりするほど不動は優しくなった。

優しい言葉だけを掛けたわけではない。言葉だけならいらない。

ただ、重を守ろうとしているのが分かった。

そっと、重を抱き締めた。

ずっと、抱いてはくれなかったのに、こんな…裏切りの制裁としてなら、抱いて欲しくはない。身体がいくら疼いても、欲しいなんて言いたくない。

「まったくお前は強情だな」

それは重の一番の長所であり短所だ。負けず嫌いが裏目に出ると分かっていても駄目だ。素直になれない。

それは、不動が好きだから、だ。好きなのに、信じてもらえないのが悔しくて。

（一番、信じて欲しかったのに…！）

不動の身体の傷が心配だった。そして、不動の元に来れば、守られると思っていた。

助けてくれると思っていた。だから必死で逃げ出してきたのに、捕らわれて。

「…男のもんで、串刺しにされたいんだろう？　ずっぽりと突き刺して、抜き差しされて、気持ちよくされたいんだろう？」

重が答えなければ、もっと淫らな言葉で、不動は重を陥落させようとする。

（あれが…中に入って…中を広げて行き来されたら…）

強く押し込まれ、がんがんと突き上げられたら、目が眩むような快楽が訪れるだろう。そうして欲しい。期待に咽喉が鳴った。

「やめ…てください…も…」

けれど、重は頭を振った。頬に艶やかな黒髪が張りつく。

男のものを咥え、唾液の光る紅い口唇、真っ白な肌に上気した頬、そして長い黒髪…着物を着た重は、日本人形のように美しい。それが男の身体の下で、性に使われる道具にされている。気の強い重の眼光はいつもは迫力があり、周囲を圧倒するのに、今は潤みきって切なげに歪む。一つに束ねた髪が解け、畳の上に広がる。まるで、少女のような清楚《せいそ》ささえ感じさせる容貌に見える。なのに、重の身体には、男に付けられた跡が散っている。

「お前のそこは、俺に嬲られるためにあるんだよ」

しかも、卑猥な言葉で嬲られて、奥芯を疼かせているのだ。じんじんと熱くなった体内の秘肉は熱を帯びすぎて、下肢に汗が噴き出している。

「お前は、俺に抱かれるためだけにあればいい」

不動は重を陥落させるために、指を再び中に挿入した。秘所を掻き回されれば、重は腰を自ら揺らめかせた。欲情がますます増幅し、中から香油が溢れてくる。濡れて解れすぎて、あそこが痺れてくる。

「仕方ねえな。意地を張れないようにしてやるよ」

申し訳程度に隠していた着物の裾を、不動が割った。太腿に手が掛かる。

「柔らかい肌だ、触り心地もいいな。何から何までお前は、男に抱かれる身体をしてる」

重がよく言われる言葉だ。背もそれほど低いわけではなく、性格も男としての気概に溢れ、女性らしい印象は微塵《みじん》もない。なのになぜか、…男の情欲を煽る。

その気のない男でさえ、重を目にすれば身体の芯を熱くする。それは、重の罪ではない。意識せずとも淫心を掻き立てる、そんな存在であることは、誰も認めたくはないだろう。抱いた男を虜《とりこ》にする身体…、重の意志とは裏腹に。

不動がぐい…っと両脚を、限界まで広げた。

いよいよ、不動が重の中に入れるのだ。挿入の瞬間に、身体が強張る。

解され疼いているとはいえ、不動の怒張はあまりに大きい。今の自分に本当に入るのか、不安はある。亀頭が、重の蕾を突いた。

「あっ！」

広げるように、何度も何度も突いてくる。

「や…っ、もう…っ」

焦らさないで欲しい。そう口走ってしまいそうになる。ぬめった先端は、何度も重の蕾を突いては、離れてしまう。そうされるうち、重の肉孔は従順に広がり、口を開けるようになる。男に入れられるのを、待ちわびている。

「う…っ…」

重は手の甲で、零れ落ちる涙を拭った。もう、どうにかなりそうだった。

何度も取らされた淫猥な自分の姿勢を想像するのももちろんだが、肉襞を猛った剛直に突かれて口を開いているのだ。身体はうずうずに疼きまくってたまらないのに、達することができない。気が狂いそうなほどに、感じている。今までにこれほどに感じさせられたことはなかった。

不動という男の苛烈《かれつ》さを見た。彼が今まで自分を抱いた記憶など、いかに生ぬるいものだったのかを知った。彼が本気で性技を尽くして人を嬲るとき、それは泣き出しそうな責め苦を味わわせた。

達かせてくれれば何でもする、そう思い込まされそうになる。ぼろぼろと涙が、袖に吸い込まれていく。それを見た不動は重の腰を持ち上げると、しっかりと支えた。

「…入れるぞ」

不動が言った。亀頭の部分が、重の中に潜《もぐ》り込む。

「あ、ううう…っ…！」

指とは比べ物にならない質感が、めりめりと音を立てて、重の中を突き進む。灼熱の肉棒は太く硬く、重を支配していく。

（あ、入って…くる…）

入らないかという心配は、杞憂《きゆう》に終わった。重の襞は従順に受け入れてみせた。それどころか誘うように収縮し、奥へ奥へと太い男根を誘い込む。

「あ、つい…っ…」

思わず、身体を突き刺す肉棒を、締めつけながら重は言っていた。体内に灼熱の棒を、挿入されたようだった。

酷い圧迫感に、重は苦しむ。待ち望んだものが与えられるが、快楽を味わうには程遠いほど、それは大きすぎた。体内に孔を開けられた気分だった。一度、不動が身体を止めた。

「全部、入った…？」

ゆるゆると重は瞳を開ける。

「まだ、半分だ」

（嘘…っ）

重は目を見開く。不動は再び挿入を開始していく。

「ん…っ…」

男に犯されていく。重の弾力性のある襞が押し返そうとすると、不動はそれを許さないように、一息に打ち込んだ。

最奥まで、不動の男根に犯される。大きすぎるものを、重は頬張る。

「あああ…っ！」

貫かれ、重が一際高い声を上げたとき、外で確かに誰かが息を呑む声がした。

（…っ‼）

重は不動を裏切ったと、組員たちは思っている。

まさか不動が重によって、傷つけられるとは思いもしないだろうが、万が一ということもありうる。忠義ゆえに、何か不動にありはしないかと心配し、外に控えているのだろう。

つまり、重がどんなふうに不動に抱かれ、どんないやらしい声で啼かされているのか、組員たちはすべて、承知だということだ。

重が不動によって受けている、これは制裁、なのだ。

「どうやら、外で俺を案じて、待っているみたいだな」

不動も分かったのだろう。

重は涙を拭っていた袖を噛み締める。こんなふうに啼かされている声を、聞かれたくない。

「舎弟どもに聞かれたくなければ、声を出すな」

ずっぽりと埋め込まれたまま、強引な命令をされる。そのまま不動は腰を揺すぶり始める。

「んんんッ……！」

奥を貫かれ、身体の奥底から激しい愉悦が込み上げる。焦らされまくった内壁は、感じすぎるほどに感じていた。背を仰《の》け反《ぞ》らせ、必死で揺すぶられる激しさに耐える。最初、不動は緩やかに馴染《なじ》ませるように、重の秘芯を掻き回していた。

奥まで埋め込んだまま、緩やかに掻き回されれば、媚肉は次第にその質感に慣れていく。もう既に、重の孔は大きく開いていた。ずぼずぼと音を立てて、重は不動のものを飲み込んでいく。身体を、灼熱の杭に串刺しにされている自分の状況が、信じられない。自分の身体の従順さも。いやらしい姿勢を取らされ、本当に男を受け入れている自分が恥ずかしく、酷く淫蕩なものに思えた。

充分に重に馴染ませた後、不動はゆっくりと入り口まで肉塊を引き抜いた。

「は、あっ…！」

ずるりと引き抜かれていく感触に、摩擦を受けた秘肉が、強烈に痺れた。

(声が…出る…っ…)

堪えていても嬌声が上がってしまいそうになる。堪えようもないほどの、激しい刺激だ。歓喜の渦に突き落とそうと、不動が、引き抜いたものを、ずん、と突いた。

途端に強烈な嘉悦《かえつ》が全身に巡る。男のもので突かれる快感の激しさは、女性を相手にする比ではない。

(う、あああ…っ)

袖口から、口唇が外れそうになる。重の反応を見極めると、不動は重の腰に腕を回し、しっかりと支えたままがんがんと重の肉孔に肉棒を打ちつける。

激しい抽挿《ちゅうそう》が繰り返され、重は激しく身悶えた。身体中の穴を不動に使われているようだ。

「あ、ぅ…っ、んん…っ…んっ」

「声をあげるなよ、舎弟どもがお前がどんなふうに男に尻孔を犯されて啼いているのか、聞いているぞ」

（っ……！）

与えられる快楽を貪ろうとしていた重を、現実に引き戻す。

この部屋のすぐ外には、不動を守る組員たちがいる。そして、その彼らは、重にとっても顔見知りだ。今まで、この組の中で、重は彼らに一目置かれていた。不動の気に入りとして、準構成員的な立場でありながら、正式に杯を交わせば、組長補佐待遇で迎えられるだろうという予想が、組員の中にもあったからだ。

周囲は重に敬語を使い、重もそのつもりで、ここでの居場所を作れるように努力していた。なのに今は組長のただの女に貶められ、彼らに嬌声を聞かれる制裁を受けている…。男に肉襞を貫かれ、茎が何度も中を行き来されると、どうしようもなく感じる。

本当は嬌声を撒《ま》き散らし、ただ抱かれるだけの存在に貶められたい。危険な思考が押し寄せるほどに、男に中を抉ってもらう快感は強烈だ。

（もっと、突いて…っ…くれ…っ、あ。どうして、俺の身体は、こんな…っ）

ずるずる行き来する摩擦は激しい。淫ら過ぎる行為を受けているのに、重の開ききった孔はたまらず、不動の肉茎を締めつける。腰を円を描くように揺らめかせながら、不動の腰に自らの両脚を回していた。そして、打ち込まれる牡芯を、味わい尽くすように腰を回す。

気持ちよすぎて…たまらない。男に抉ってもらう、犯される快感を知ってしまえば、もう男なしではいられない。

…不動なしでは。

奥を猛りきった男根で犯してもらうと、全身が痙攣するほどの快楽が襲う。

「あああっ！」

とうとう、袖口から重の口唇が外れた。すると、外で溜め息が洩れる。

自分の喘ぎ声が聞かれている……そう思えば、感覚が一層、鋭敏になる気がするのだ。

(すごい…感じて…)

「声をあげるなと、言っただろう」

言いながら、お仕置きをするように不動が突き上げを速める。重が羞恥に堪えきれず、顔を横に振り続ける。分かっていて、不動は重の身体に剛直を激しく出し入れさせた。激しく突き込まれ、重は啼いた。

「あっ、ん…っ」

下肢を繋ぎ合わせ、ぐちょぐちょと中を男根が行き来する。内臓を食い破られるほどの突き上げを受けながら、男なのに男に抱かれる行為を聞かれる、いやらし過ぎる行為に、重は没頭していく。

ぬちょぬちょという接合音は、重が男根を受け入れているのを周囲に知らしめる。

意識は淫猥の淵に沈み込み、快楽を肉棒によって流し込まれる。

重の前は、射精感を漲らせていた。けれどそれ以上に、奥に送り込まれる快感を、味わっていたかった。後ろに楔を打ち込まれる快感に、重は理性を飛ばし、ただ犯される道具になっていく。

悶え狂い、ただひたすら、不動のかちかちに硬いもので犯されたい、そう思ってしまい、泣きそうにもなった。

肉のぶつかり合う湿った音と、淫猥な重の吐息が、室内を満たす。襖一枚隔《へだ》てた先で、男達の荒い声が聞こえてくるような気がした。それは不動を讃《たた》え、そして重を侮蔑《ぶべつ》する囁きだ。

「あ、あ、あ…っ…——!」

重は後ろだけで昇り詰めた。重の身体はずっと小刻みに痙攣を続ける。

達きすぎて、失神しそうになるという感覚を、初めて知った。暫《しばら》く、不動は重が達く顔を、じっくりと眺めていた。

(やめて…見ないでくれ…)

顔を背ければ、細い顎に指を掛けられ、引き戻される。襖の外では、ごくりと唾を飲み込む音が聞こえた。

重が達く声を、聞かれたのだ。それは淫靡な刺激を、重の身体にもたらした。

頬を涙に濡らし、蜜壷から愛液を流れさせ、全身を濡らしながら、重は身体をくねらせる。

(嘘だろう…)

そこで気づいたのは、不動の牡《おす》はまだ、硬さを失ってはいないということだ。

不動はニヤリと笑ってみせた。そして再び、重の中でずぼずぼと肉茎を出し入れさせる。

「あ、あぁ…っ…！」

重は再び嬌声をあげ始める。

『すげえな、組長。矢島さん、さっきからずっと泣きっぱなしじゃねえか』

『一体何時間やってんだ？　よく壊れねえな』

はっきりと、言葉になって囁きが聞こえた。

なのに、重の身体は放出したばかりの熱を取り戻すのが分かった。

快感が増していく。達したばかりの尻穴を犯されるのは、たまらない責めだった。

（…もっと…）

擦って欲しい、そう思ってしまう。

「声を出せば、聞かれるぞ」

意地悪く告げられても、重にはなすすべがない。

「声が、止められな…っ」

がくがくと揺すぶられながら、もう、重は何も抵抗ができない。

「いいだろう？　お前は俺のもんだってこと、これであいつらも自覚するだろう」

「や…っ、もう、もう」

重は我を忘れて叫んだ。じんじん…と中が痺れている。強烈な疼きは摩擦によって解消されて、それは甘く淫らな快楽をもたらした。

「もっと、突いて欲しいか？」

「あ、突いて、くださ…」

もう他に誰が聞いていても、構わなかった。

「奥まで、突いて…っ、もっと、強く、入れて…っ!!」

重は人が聞いている中で、無理やり淫らな台詞を言わされることを、強要される。

大人になってから失った二回目の処女穴の相手も不動だ。それは子供の時に失ったときよりも、強烈な経験になった。そして不動も重に容赦なかった。

重はぐったりと身を投げ出し、ただ不動に穴を突かれるだけの存在になる。

「たっぷりと、注ぎ込んでやるよ」

不動の素肌が密着する。身体が重なり合った部分が、燃えるように熱い。

重の肌に汗が噴き出し、不動の身体からも汗が滴り落ちてくる。滅茶苦茶《めちゃくちゃ》にして欲しい。

久しぶりの不動の身体だ。

もっと欲しい。途中から、訳が分からなくなって……。

本当は、キスだけで達きたい。胸に包まれて。温かくて優しい眠りに引き込まれた…記憶。

それが快楽の前に霞んでいく。

「あ…ぁ…ぁ…」

弱々しく泣きながら、重は後ろの穴を犯され続けた。

ずるり…と重を支配していた肉棒が抜けていく。

今までに感じたことのない虚脱感《きょだつ》に襲われる。すべての穴を、今まで重は不動によって塞がれていた。全身が、不動のために存在しているかのような気分になる。

「あ…ン…っ…」

引き抜かれる瞬間、甘い吐息が零れた。じんじんと内壁は痺れたままだ。

（まだ、入っているような気がする……）

開ききった場所は、不動の剛直の形になったままだ。引き抜いた後、不動は重の上に身体を重ねてきた。

まだ、重の身体の上から、不動の体重は消えない。

両腕を重の横に突いて身体を支えながら、上から重の顔を覗き込む。不動の肩から腕に掛けて見える包帯の白が、痛々しい。妙に鮮やかに、重の目に飛び込んでくる。途中、堪え切れずに重は不動の肩を噛みそうになった。

自分が受けた辱《はずかし》めよりも、不動の肩の傷の状態が不安だ。

「…景浦と本当に繋がっていたのか？」

重の顔を覗き込みながら、不動が訊いた。

不動の傷は、重によって呼び出された場所で、付けられたものだという。

重の知らない場所で、何かが起ころうとしている。それは、父を失ったときと同じ、嫌な感覚だった。父も自分の仕事に誠実に向き合ってきた。自分の力で、才能で勝負し、茶道の家元の若宗匠への輿《こし》入れの、友禅を納める仕事を射止めた。すべて、努力と自分の才能だ。だが、結局は妬んだライバルによって、父の将来は閉ざされたのだと思う。極道を使う卑怯な手段によって。

実直に誠実に振る舞っていても、重を陥《おとしい》れようとする何らかの力に、嵌められそうになる。そして、一番信じて欲しい人に、疑われて……。

それでも信じる、そう不動には言って欲しかった。

不動が重を疑うことが、辛い。

「……」

何も言わないでいれば、不動がやっと、重から身体を離した。

ぐったりと身を投げ出していた重は、最後の力を振り絞り、膝を閉ざす。

とろり…と、飲み込みきれなかった蜜が溢れ出すのが分かる。蕾から双丘《そうきゅう》へと、蜜が後から後から溢れ出す。濡れそぼった場所の淫らさに、一体どれほどの淫液を注ぎ込まれたのかと思えば、重の頬が羞恥に染まった。

途中から記憶がなくなった。いくら重が達しても達しても、不動は重の中から貫いた楔を引き抜かなかったのだ。そして何度も中を犯しては、激しく精液を放った。

最後のほうは、注ぎ込まれた液汁のぐちゅぐちゅという音が一層激しくなり、蜜壷が溢れ出すほどに注ぎ込まれていることを、重は知ったのだ。

存分に穴を使われ、たっぷりと注ぎ込まれ、そこはしっとりと濡れそぼったままだ。

いつのまにか、着物は完全に脱がされ、重の下に敷かれている。

着物の色に、真っ白な重の肌の色が映《は》える。全裸に剥かれ、そこかしこに陵辱の跡が散っている。不動も着物を脱ぎ、全裸で重を抱いていた。全裸の不動の身体は引き締まり、男としての鑑賞に堪える逞しさだ。

腹の筋肉は割れ、鍛え抜かれた裸身は獣のようだ。雄の獣、その彼に内臓を食い破られるような激しさで、中を突き上げられていた……。

重の持たないすべてを、不動は持っている。

同じ裸体でも、重はまるきり違う印象を与える。白く艶かしい肌は、しっとりとした吸いつくような触り心地を男に与える。その心地好さに、男はむしゃぶりつきたくなる。そして舌で舐め上げ、味わい尽くしたい気分にさせるのだ。

頼もしい身体を視線が追ってしまえば、不動の肩の包帯に、紅い華が浮かぶように血が滲み出す。

（あ…血が……）

だが、不動は気にならないように、畳に零れ落ちていた着物を肩から羽織る。

傷はまだ、塞がっていないのかもしれない。それとも、重を激しく抱いたせいで、余計に傷が広がったのか。それほどまでに激しく強く、重を求めた……。傷の痛みも、気にならないかのように。

陵辱された身体を投げ出したままの重の身体の上に、不動が羽織をバサリと被せた。

「おい」

外に向かって不動が声を掛ける。

「は…」

すぐに声がして、襖がす…っと開いた。

（…っ）

重は顔を強張らせる。不動は外と重の間に座っているとはいえ、男に抱かれたばかりの重の身体を隠すのは、不動の羽織一枚だ。それは申し訳ない程度に、重の胸元と中心の大切な部分を覆ってはいるものの、太腿や素足、そして首筋などは露呈している。

重が着ていた着物は完全に脱がされている。その姿を、組員に見られてしまう。

襖が開いた後、不動は命令を下した。

「手桶《ておけ》と、手拭《てぬぐい》を持って来い」

「すぐにお持ちいたします」

そして一旦襖が閉められ、間を置かずに、声が掛けられる。

「お持ちいたしました」

「入れ」

「失礼いたします」

重は背を向けたまま、ぎゅ、と自分の身体を守るには頼りない布を握り締める。

組員が近づいてくる。そして、不動の間近に、手桶と濡れた手拭を置いた。

「こちらで……」

組員の強い視線が、重の肌に注がれるのを感じた。不動が要求した物品の意図も、組員は正確に理解しているだろう。精液に汚された重の身体を、不動は拭うつもりなのだ。つまり、重が不動によって犯され、精液を注がれたことを、組員たちは分かっているのだ。

昔、不動と重に関係があったことなど、組員たちは知らないだろう。

今回不動によって、初めて重は尻穴を犯されたのだと、思っている者もいるのかもしれない。それが延々と抱かれ続け啼かされて…。

重自身も今が一体、何時になるのか、見当もつかない。ただ時間が経つにつれ、男に精液を注がれて、重の身体を浸していた薬の効果は薄れている。それにたとえ薬がなくても、不動は重を狂おしいほどの快楽の淵《ふち》に、突き落としたに違いなかった。

「置いたら出て行け」

「は…」

深く頭を下げると、組員が出て行く。

重は身を硬くしたまま、気配がなくなるのをじっと待つ。不動は手拭を手桶に浸すと、硬く絞って重の額を拭った。

「両手を外せ」

「自分でできる…」

朱の散った裸体を、再び不動の眼前に晒すのは恥ずかしかった。けれど、指先をこじ開けられ、羽織を奪われる。せめて、そう思って膝を閉じても、簡単に開かれる。

華は芳香を撒き散らすように、香油の香りとともに精液を滴らせていた。

ひくり、と蕾が収縮する。

「他の男に見られても、感じてたのか？　しょうがない淫乱《いんらん》だな」

不動が責めるように、重の陰茎を指で弾いた。びり…っと痛痒い官能が走る。

「ち、が…っ…」

否定する間に、不動が精液で汚れきった重の身体を拭っていく。下腹は重自身が放った白濁で汚れ、胸元は不動の唾液と、たまに塗りつけられた溢れた香油でべとべとだ。

そして、太腿にも幾筋もの白濁が零れている。

何度も手桶の水で手拭を洗いながら、丁寧に、重の身体に散った精液を拭っていく。

「あ…っ…」

胸元を拭いながら、不動が弄ぶように、片方の胸の突起に指を引っ掛けた。

「やめてくださ…」

ただ拭うだけの仕草ではなく、不動は手拭を使いながら、重の胸元を揉《も》みしだくような動きをみせるのだ。

「あ…——…っ」

身体は疲労しきって動けないのに、苛められるように無理やり感じさせられる。それだけを繰り返される。

「不動さ、…、あんただって腕に血が…。あんたも血を拭った方が…」

「俺はお前をこうして責め抜いている方が愉《たの》しいからな」

重の申し出はあっさりと拒否される。

重を存分に啼かせながら、全身を拭い終えると、不動は言った。

「…お前、今日は景浦にまだ、後ろを使われてはいなかったな」

今日、どころか今までも、そしてこれからも、使わせるつもりはない。重の狭さに、不動は気づいたのだろう。

「俺がお前を抱かないから、あいつに、抱いてもらってたのか?」

「……」

「組員たちはお前が、俺を陥れようと画策《かくさく》していると疑っている。お前の容疑が晴れないうちは、…俺もお前をここから出すわけにはいかない」

「俺にも、仕事が…!」

「駄目だ」

きっぱりと跳ねつけられる。

「他で慰められねえように、…景浦に抱かれたいなんてことが考えられないように、俺がお前を毎晩可愛がってやる。誰でもいいんだったな。だったら俺が抱いてやる。それで文句はねえだろう?」

「あんたにだけは…抱かれたくない…!」

「うるさい。俺が決めたことだ」

冷たい物言いが向けられる。ぎゅ、と重の胸が痛んだ。

「あんたは…本当に俺が裏切ったと思ってるんですか？」

「だったら、なぜ俺の質問に答えられなかった？」

「それは…でも。とにかくこんなことをしても無駄だ。それより別の場所に犯人がいないか目を向けたほうがいい」

裏切ってはいない。

「忠義を証明したいってのなら、…それができるお前に一番いい方法があるだろう？」

そして、重の身体は不動に抱き上げられた。


それからの不動は、重に対して人が変わったようになった。

重は元々、景浦を嫌悪していても、近づいて色々と調べようとしていたのは事実だ。

「矢島さんは友禅の件で、景浦の先代組長の元に、よく出入りしていたようです」

次々と、重が景浦と繋がっていたという証拠が出てくる。

ますます、重は自分の組での立場が悪くなるのを知った。重も強情に、不動に対して、口を割らなかった。

自分と景浦の組との繋がり、それは誰にも言えない。言うつもりもない。それがどんな誤解を生もうとも、誰にも言わずに自分だけの力で事実を調べ上げる、そう決めたからだ。それによって、不動は重に対する責め苦を強くする。

重は不動に抱かれて以来、一度も部屋から出してはもらえなかった。

軟禁されるような状態が続く。

今日は不動は夜遅くまで、仕事で帰って来ない。その隙に逃げ出そうとしたが、部屋の外に人が立っているのが見えた。

見張られているのだ。そして戻ってくるまで……。『誰でもいい』、そう言った重が他の組員を誘ったりしないように、ある仕掛けがなされていた。

それは、時折、思い出したように体内で蠢く。

自分の中に仕掛けられたものの恥ずかしさを、できる限り重は忘れようとつとめる。

けれどうねうねと動くそれは、一旦動き出せば立ち上がることもできないほどに、重を官能的な陶酔に突き落とす。

そしてそれは、重から逃げ出そうとする体力も気力も奪っていた。

「食事です」

不動がいない間、部屋に閉じ込められていた重の元に、三平が食事を運んでくる。

「あ、ああ…分かった」

重はよろよろと立ち上がり、日の光の洩《も》れる障子へと向かった。

立ち上がれば、体内の質感をリアルに感じる。歩くたびにそれはごりごりと、内壁を刺激した。

（ん…っ）

また、外に人がいるというのに、声をあげてしまいそうだった。

あんなものを入れられて、感じてしまっている自分が恐ろしい。道具であっても、入れられれば勃つような身体が、自分本来の姿なのだろうか……。

不動に後孔を直に犯されればまだ、言い訳が立つ。だが、それよりもずっと、道具で犯され続ける状態は、強烈な羞恥を重にもたらした。

そしてそれは襞の弾力によって押し出されないよう、麻紐《あさひも》によって縛りつけられている。貞操帯《ていそうたい》を付けられるかのように、下肢にしっかりと、麻紐は食い込んでいる。

そのまま身体中を、縛りつけていた。紐がきつく蕾を擦り上げるように食い込む感触だけでも達してしまいそうになるが、引き上げられた紐は全身に巻きつき、胸の尖りの上を伝うように回されている。

細い麻紐は毛羽《けば》立《だ》ち、重の胸をちくちくと刺激していた。ただ縛られているだけで、感じる…そんな責め苦に、重は全身を震わせる。

理性では自分がどれほどいやらしい格好を強いられているか、分かっている。けれどその姿を脳裏に描けば、きゅ…っと男根を模《も》したものを、肉は締めつけてしまうのだ。

気持ちとは逆に道具から得られる快感は強烈で、重はもっと強い刺激を欲するようになる。ただ挿入されたまま、弱い動きを繰り返すだけではなく、激しく強く打ち込まれたら…。

(不動さんのもので……)

重のあそこは既にどろどろだ。道具で解れきったせいももちろんだが、麻紐によって縛りつけられた根元は、射精を塞《せ》き止めているものの、たまに盛り上がる悦びの蜜を淡い茂みに垂らし続けている。

深く打ち込まれたものは重の中を掻き回し、刺激が脳天まで突き抜け、狭道を揺らす動きに合わせて、身体が小刻みに震えてしまう。

「ふ、…う…っ」

大きく息を吸い込むと、できるだけ平静さを装って、重は障子を開けた。

目の前には三平が立っている。人の良さそうな彼は、いつもこの場所では重の味方だった。

「あの…」

「あ、ありがとう」

品良く盛りつけられた食事の載った盆《ぼん》を手渡されたとき、ふいに後孔でグロテスクなものが動き出し、重は思わず盆を取り落としそうになった。

「矢島さん…っ!?」

「い、いや」

がくりと折りそうになる膝に、重は必死で力を込める。

「それじゃ…」

重は礼もそこそこに盆を受け取ると、すぐに障子を閉めた。

三平は、重の顔を見て、心配そうな表情をしていた。三度の食事を運ぶ三平は、重の上気しきった頬を見て、不審に思ったに違いない。視線を下に落とせば、着物の下で、下肢が膨らんでいることに、三平は気づいたかもしれない。

「あう…っ」

食事を足の短い和机《わづくえ》の上に置くと、重はずるずると柱に背を着けたまましゃがみ込む。

しゃがみ込んで尻をついてしまえば、仕掛けられたものに体重がかかる。

肉壁に突き刺さり、ぐう…っと最奥を押し上げた。突き上げられている感覚を味わう。

「あ…っ、あ…っ」

重は男に突き上げられているわけでもないのに、とうとう嬌声を上げた。

「あ、ん…っ」

両膝を重ね合わせ、揺らめかせながら、しゃがみ込んだまま自らの身体を両腕で掻き抱く。

障子の外で、離れかけた足音が、止まったような気がした。

(ん、ん…っ)

人のいい三平の顔が浮かび、必死で重は吐息を押し殺す。掻き抱けば、胸の尖りに麻紐が擦れた。胸は細い麻の刺激で、勃ち上がりきっている。

(あ…。達き、たい…っ)

強烈な射精感に襲われる。後ろの穴を掻き回されれば、重は既に前を勃たせる身体にされていた。自慰《じい》だけでは満足できない。より強烈な快楽を得るには、後ろを抉ってもらわなければならないのだ……。人工的なものでは、その熱がまず違う。不動のものは、火傷するほどに熱かった。そして胸もこんなちくちくするような紐の刺激だけではなく、情熱的に揉み回すのだ…。そうされれば、重は頭が真っ白になるほどに、感じさせられてしまう。気持ちよくて、後ろだけで何度も絶頂を迎えて、それを入れてもらって、中を抜き差ししてもらうことしか、考えられなくなるのだ。

もし紐で根元を括られていなければ、蜜をもっとはしたなく、溢れさせてしまっていただろう。

(こんな玩具じゃなくて、不動さんのを、入れて…欲しい…)

このまま放っておかれれば、おかしくなってしまう…。そう思った時、今度こそ障子が開き…不動が入ってきた。

「あ……」

不動を見上げたとき、思わずもの欲しそうな目で、彼を見つめてしまったかもしれない。

放っておいた彼を、うらめしげな思いで座ったまま重は見上げた。

涼しげな表情で、彼は重を見下ろした。

「いい子で待っていたか？　お前は、放っておくと他の男に抱かせるみたいだからな」

貞操帯みたいなものだと、中に入っている玩具を告げられる。

不動は手に風呂敷で包まれた包みを持っていた。

「それ……」

不審な思いを抱きながら、彼を見上げた。また自分を責め抜く道具を持ってきたのかと、怯えそうになる。だが、風呂敷包みから出てきたのは、美しい…友禅だった。

しかもその柄には見覚えがある。

重が不動に抱かれるきっかけとなったあの日、景浦に売った友禅だ。

そこで小切手を渡すと言われて部屋に向かって…。

いわれのない誤解を、受けたきっかけだ。

「どうして、それを…?」

「景浦が、俺に送ってきた。あの日、代金を置いていったから、返す、とさ。お前込みで買ったのに、と」

「な…っ」

よりによって、なんてことを不動に言うのだろう。

「これを肩に掛けたお前は、美しかったとも言っていたぞ」

今日は何らかの会合があったのかもしれない。景浦は不動の失脚《しっきゃく》を狙っている。

不動のシマを巡っての利権争い、それにしのぎを削る中、何か戦争を仕掛ける口実をいろいろ考えているのかもしれない。

不動を挑発し、不動から仕掛けさせることでも、狙っているのかもしれない。弱い犬ほどよく吠える。不動は堂々と構え、常に余裕を持って事に臨む。

だが、不動はそこらのチンピラじゃない。

強いやつほど、下手なことで喧嘩をしないものだ。そして噛みついたりもしないものだ。

自分に自信があるからこそ、持てる余裕だ。そして手下を不要な争いに巻き込み傷つけたりはしない。一度懐に入れたものは、とことん守り抜く。そして大切にする。

先代の坊を大切にし、恩義を忘れない。それを重は理解している。

景浦が不動に何をしても、不動は組に関しては下手な挑発にのったりはしないだろう。けれどなぜか、重には冷たい。忠義を尽くした者には、とことん優しくするのに。いまだに構成員にも、組み入れてさえもらえない重には…。

「あの日、景浦に見せたように、これを羽織ってみろ」

友禅が広がる。のろのろと、今日一日着ていた着物の上に、友禅を羽織った。

華が映える、美しい柄だ。日本が誇る、着る芸術品…それを身に纏い、その友禅を圧倒するほどに美しい重の姿から、不動は目を離さない。

「座ったままじゃないだろう？　きちんと立ってみせろ」

後孔に打ち込まれたままの姿で、重は立ち上がる。

（あ…）

中で蠢くそれが、ぐちゅぐちゅと音を立て始めたのだ。不動に見られながら、中に玩具を打ち込まれているのはまた違う。息を喘がせるほどに、感じすぎてしまう。重は不動の命令に逆らう愚かさを、身体で教えられていた。肩から友禅を羽織ると、不動の前に立つ。

「この姿を、あの男に見せたのか？」

まるで、嫉妬《しっと》めいた言葉が向けられる。

「実際に羽織ってみないと、柄の出方のイメージも違うから、…あ…っ」

景浦の前で友禅を羽織った姿を見せたことを、なぜか重は言い訳めいた口調で告げなければならない。

着物の上に友禅を羽織った重を、立ったまま不動が背後の床柱《とこばしら》に引き摺っていったのだ。そして、そのまま、元々重が着ていた着物から腰紐を引き抜くと、それを使って重の手首を、柱を背後で挟むようにして縛り上げてしまう。こんなふうに背後で縛られてしまっては、不動の屹立《きつりつ》で抉ってもらえない。帰ってくればすぐに入れてもらえると思ったのに、当てが外れてしまう。

帯を引き抜かれたせいで、重の襟が乱れる。前が開かれ、下着を着けていない重の前が露わになる。柱に縛りつけられたまま、着物の前を割られると、麻紐で括られて、道具が落ちないように狭間に紐が食い込んだ姿も、見られてしまう。

そしてそんな卑猥なことを強いられても、浅ましく前を勃たせた姿も。

恥ずかしい……。

頭がぼうっとしてくる。しかも双丘に重自身のものよりも大きいものを、入れられているのだ。それはいまだに、中で振動を繰り返している。みちっと音を立てて、重の穴を塞ぎ、重は感じすぎて立っていることすら難しい。

かといって膝に力を入れれば、双丘が締まる。そして一層拷具《ごうぐ》は重を苛める。

（達《い》く…っ）

不動の見ている前で。けれど紐が邪魔をして、放出はできない。

「いいことを教えてやる」

不動が重の前に立った。その時、不動が着物の包みの他に、別の物を手に持っていることに、重は気づいた。

不動が持っていたのは、鍼灸医《しんきゅうい》が使用するような、細い細い、金の針だった。

「や、や…っ！」

恐怖に身が竦んだ。けれど怯える重の肉茎を、大きな掌が包む。

（まさか、それを…俺に…っ？）

そのまさかで、…不動は重の反り返った亀頭の割れ目に、金の針を近づけていく。

「怖い…お願い、やめてください…っ」

何もかもかなぐり捨てて、重は叫んだ。

「…傷つけやしない。お前を気持ちよくさせてやるだけだ。俺は痛い思いなんてお前にさせていない、そうだろう？」

細い針が、重の割れ目に触れた。冷たい感触が、重の胸を凍《こお》らせる。

「い、や——…っ」

絶叫が迸《ほとばし》る。だが、不動は構わず、重の先端に針を突き刺す。短いそれを、ずぶずぶと不動は埋め込んでいった。無意識のうちに息を詰めて、重は埋め込まれる時間を耐える。

長い長い時間に、それを感じた。

「ひ…っ」

驚くのは、苦痛を感じなかったことだ。たまに不動はくり…っと針を回した。

するど電流を流されたような激しい悦楽が、肉茎に走るのだ。

「いやああ…っ…ああああ——っ」

針で苛め抜かれるたび、びくんびくんと大きく、重の肉茎が揺れた。

そしてひっきりなしに嬌声が零れ落ちる。激しい歓喜の渦が、重の身体を支配していた。

(何だ…これは…っ)

「痛くないだろう?」

低い笑いとともに、不動が針を出し入れする。

(ひい…っ…すご…、い…ぅ。こんな…)

初めて感じる、鋭すぎる刺激だった。そしてそれは、びりびりと重の肉根を痺れさせる。

全身に広がり、背筋がす…っと寒くなる。全身から汗が噴き出してくる。

全身の感覚が、針を突き立てられた部分に集中してしまったみたいだ。

「あ…っ」

「もっとここを、苛めて欲しいか？」

不動は言いながら、針を回す。

「昔から、湯島《ゆしま》のほうで流行《はや》ってた、男の達かせ方、だそうだ。元々忍《しのび》に口を割らせるために使ったものだそうだがな。これをやれば、どんな男も従順に足を開くようになる」

「うう…っ、もう、立って、られな…っ。お願い、です。抜いて…っ」

針を使った拷問に、重はよがり狂う。勃起しきったものに針を突き立てられるという信じられない行為をされているのに、重の身体は痙攣するほどの悦びに打ち震えている。

「お前が知らないもっと深い快感を、…俺が教えてやるよ」

「あ、あ…っ」

重の口角《こうかく》から、嬌声がひっきりなしに零れ、そのせいで銀の雫が零れ落ちた。

「どうだ？　ここをもっと苛めて欲しいだろう？」

「いじめ、て…あ」

悦楽を貪り続けるいやらしい表情に、不動の目が細められる。

勃起しきった部分に、針が完全に埋め込まれた。

「全部入った。…すごいな、お前。いやらしい身体だ」

（本当に、あんなものが…）

自分の中に、入っているのだろうか。だが、重が射精感を募らせるたびに、鋭敏な快楽が

肉茎全体に走るのだ。

「不動、さ…」

口角から唾液を滴らせながら彼の名を呼べば、不動は重に口唇を重ねてきた。

びり…っと舌先に、痺れるような快楽が走る。重の蜜を、不動は美味そうに吸った。

その間も、恐ろしげなものが肉茎に入っている感触は消えない。

優しげに蜜を吸われる感触に、重は期待する。けれど、不動は執拗に重を責め抜いた。

「これだけで終わりじゃないぜ」

重が知らないもっと深い快感を教えてやる…その言葉を実行するつもりなのだ。

金の針を埋め込む、それだけでも、気を失うほどの愉悦を覚えるのに、これ以上の快感がこの世の中に存在するのだろうか。

不動の指が、練り香《ねこう》を摘《つま》んでいた。練って形を整えて使う昔ながらの和ものの香水だ。小さな小山を作り、先端に線香で火をつければ、火が消えるまで香りを楽しむことができる。日本家屋ならば、二、三センチほどの大きさで、六畳の部屋が一刻は楽しめる。

「何を…い、やああっ…!」

不動は重の割れ目を、練り香で塞いでしまったのだ。これで、針を埋め込まれたまま、抜くことはできない。

「ここに、火をつければ悶えて失神するくらい、いいらしいぜ」

「あ、あ…」

重は狂ったように身悶えた。体内を噴き出すことができないマグマのようなものが溜まり、どうしようもなく重を悦虐《えつぎゃく》に狂わせる。火などつけられずとも、燃え立つように身体が熱い。

（も、だ、め…）

これほどに激しい快感があることを、重は初めて知った。

（い、いい…っ。あ、もっと…感じさせ、て…っ…あ）

柱に括《くく》りつけられ、針を埋め込まれ、割れ目を塞がれる。それなのに腰を振って重は不動にねだる言葉を口走ってしまいそうになる。

「痛くはねえだろう？　俺はお前を感じさせてやると言ったはずだ」

達きたいのに達けない。腰が自然と突き上げる動作をしてしまう。

腰をもじもじと揺らめかせ、膝をがくがくと震わせて必死に耐える重の姿を、不動は面白げに見下ろしているのだ。

恥辱にまみれ、痴態を晒す。それでも不動の眼前で、重はこらえきれないほどの悦虐を感じる。このまま被虐《ひぎゃく》の淵に沈められ、彼の奴隷になってもいいとすら、重は思った。

これほどの快楽を、くれるのなら。

「あ…っ…！」

一際《ひときわ》高い声を重があげたときだった。

「…組長、酒をお持ちいたしました」

外から声が掛けられた。

不動は襖をわずかに開けて、酒と杯とつまみの載った盆を受け取る。

どうやら、不動はここに来る前に、酒を運ぶことを命じていたらしい。不動に抱かれている姿を、見られるのはいたたまれない。ましてや、今の淫ら過ぎる、しかも悦虐に悦んでいる姿を、見られたくはない。

(見せないでくれ…っ)

重は吐息と気配を殺す。

組員たちは重が不動にどんな扱いを受けているか気づいているとはいえ、それを実際に見られるのとは違う。

今度は、不動は重を人目に晒《さら》さなかった。すぐに襖をぴったりと閉めてしまう。

お陰で、重は立ったまま、柱に括りつけられた姿を、晒さずとも済んだ。だが。

「いい姿だな、重。俺をもっとその気にさせてみせろよ」

(…っ！)

熱い身体を持て余す重を放ったまま、不動は重の前にどっかりと腰を下ろした。

そしてその前で、晩酌《ばんしゃく》を始める。見られて、いる。それは重に被虐の興奮をもたらした。

(どうして、俺は、感じて…)

恥ずかしい。でも、不動にこの惨めで恥ずかしい姿を見られていると思うと、身体中が疼いてたまらない。

もっと快感が欲しくて、腰を揺らめかせる。

強い不動の眼光が、重の肌を焼く。

重は鑑賞に堪えうる、極上の抱き人形だ。繊細な顎、さらさらの長い黒髪、濡れた黒目がちの瞳に、和服の似合う真っ白な肌。しかも女性的な気配は微塵もなく、強い風情を漂わせながらも、それでいて艶やかで色っぽい。

どれほど美しい日本人形も、重ほど妖艶《ようえん》な風情を漂わせることはないだろう。

生の官能映画を…または春画《しゅんが》を眺めるような、ものだったかもしれない。

華の描かれた友禅を纏った重の姿……長い裾が、床に流れる。

それよりも重自身が、婀娜《あだ》めく華のように咲いて、不動の目の前にある。

不動が酒を美味そうに啜る。それが先ほど重の口唇を吸った光景に重なる。

ゆっくりと、不動が杯を傾ける。その前で重は、快楽に身を焦がし、焔《ほのお》に焼けつくされるような淫獄《いんごく》に耐える。不動が、口唇についた酒を舐めた。紅い舌…それは重の胸の突起を舐め上げるのと同じものだ。その舌の紅、それを見ただけで、重の身体は彼の舌に舐め回されているような気持ちに陥る。

友禅を身に纏い、柱に縛りつけられ、立ったまま、重は狂おしいほどの快楽に貶められる。

腰を揺らめかせ、もぞもぞと膝を擦り合わせた。

(もう、どうなってもいい、から…っ!)

身体が火のように熱い。どうされてもいい。どうなってもいい。不動のもので貫かれ、抉ってもらえるなら何でもする。

身悶える様を、不動が見つめている。

(見られてる…俺のこんな、いやらしい姿を…)

余計に重は感じた。

脳が焼け尽くされる。見られただけで、達ってしまいそうになる。なのに、塞き止められていて、達けない。

「あ、あ…」

重は熱い吐息を零しながら、腰をくねらせる。抱いて欲しくてたまらなくて、不動の前で痴態を晒し続けた。


不動は酒を飲み干すと、やっと立ち上がる。

そして、重を立ったまま柱に括りつけていた紐を、外してくれた。

「あ…」

ガクリ、と膝が折れて倒れ込みそうになる。

「おっと」

不動は重の身体を支えた。不動が触れれば、どこであっても重は感じてしまう。

ただ、不動は重が座り込むのを許さなかった。

「自分で脱いで、…今日一日、お前がしていた姿を見せるんだ」

重は一瞬、口唇を噛む。麻紐が巻きついた姿を、完全に晒さなければならない。

「…はい…」

躊躇はすぐに、重の前から消える。

重は友禅を肩から下ろすと、中に着ていた着物も脱いでいく。

そして完全な裸体になって、不動の目の前に立った。

均整の取れた身体つきを見て、不動が目を細める。

男としては細すぎるきらいはあるものの、重は申し分ない体型だ。だが、男として不似合いなのは、胸の突起を挟むようにして、しかも押し潰すようにして二重に麻紐が巻かれていることと、根元にしっかりとそれが括りつけられていること、そして蕾に食い込むようにしっかりと紐が巻きついていることだ。

どれほどにいやらしい姿をしているのかと思えば、…羞恥に死にそうな思いを味わわされる。でも、そんないやらしい姿を不動に見られているかと思えば、もっと身体の奥がうずうずに疼くのだ。

しかも、重の中で回るような動きを、あるものがしている。

食い込む麻紐を横にずらし、不動は器用に中のものだけを引き抜いた。

ずるりと引き抜かれて、やっと重は安堵の吐息をつく。

けれど一瞬、もっと中を掻き回して欲しい…そう思ってしまったことは言えない。

「べとべとじゃねえか」

不動が重の中に突き刺さっていたものを見た。疣《いぼ》が表面に施された、グロテスクな形状をした樹脂《じゅし》だ。それが淫猥に濡れている。しかも麻紐はぐっしょりと、濡れているのだ。それは不動ほどではないが、通常よりもずっと大きなサイズの道具だ。

それを先ほどまで自分は呑み込んでいたのだ…。

信じられない。そして、引き抜かれれば虚脱感が全身を襲うことも。

(あ…もっと…)

熱を持たない樹脂ではなく、もっと熱く太いもので、自分を貫いて欲しい。

生ぬるい掻き回すような動きではなくて、もっと深く強く突き上げて欲しい。

全身を揺すぶられるような激しさと衝撃を、身体に与えて欲しい。

淫らな望みに全身を支配され、重はどうしようもなく熱く身体を火照らせる。

「今日一日、いい子にしていたご褒美だ。入れてやるよ。うつ伏せになれ」

今日は不動は重を後ろから貫くつもりらしかった。

ごくり、と重の咽喉が無意識のうちに鳴る。じらされまくった場所に、やっと不動のものを入れてもらえる……。そんな期待を抱いてしまう。

「尻を上げろよ。ほら。突き出せ」

不動に言われて、重はうつ伏せのまま、双丘だけを高く不動に向かって突き出す。

男に向かって、中を抉ってもらうための姿勢だ。

尻穴を、不動に使われるのだ。そして重は、そこに男根を打ち込まれて得られる、痺れるような快感を知っている。

既に、重には抵抗の言葉を吐く気力はなかった。

麻紐と井草《いぐさ》が擦れて、びりびりとした快楽を胸の尖りにも与えた。

不動が気づいたように、柱に重を縛りつけていた腰紐を取る。そして重の手首を、再び背後で縛りつけてしまった。

その代わりに、…重の根元を縛っていた紐は、引き抜いてもらえた。そして、練り香も。

「少し力を入れてみろ」

言われずとも、我慢を強いられていた射精は、限界だった。

激しい射精の力で針が浮き上がる。先端が頭を覗かせた時、不動は指先でそれを引き抜いてくれる。ただ、最後に取り出すときに、ぐりり…っと中を大きく抉るのを、不動は忘れなかった。

（っ!!!）

ビクン！　と激しく重の背が反り返る。

針が引き抜かれた途端、どろりと蜜が溢れ出す。

「あ、あ……」

重は狂ったように射精を続けた。

「何だ、もう達ったのか？　はしたない真似をしやがって。お仕置きだな」

長い射精を続ける重の肉陰に、不動は怒張を埋め込んでいく。

ずぶずぶという音が、聞こえてくるみたいだった。

射精をしている最中の身体に、楔を埋め込まれる刺激は強烈だった。

「ひ、あ…っ‼」

重は絶叫を迸らせる。長い肉棒が、易々《やすやす》と重の中に埋まっていく。

（いい…っ…）

すると、重の考えなど見通したように、不動が重の中に楔を打ち込みながら言った。

「いいんだろう？」

「い、いい…っ、あっ…も、っと…、し、て…っ」

不動が重の双丘を揉んだ。指を肉に立て、両側に押し開く。そして蕾を開かせて、より深い挿入をする。

「ああ…ぅ」

不動の剛棒は力強く、そして腰使いも逞しい。挿入し終えると、重に息をつく間も与えず、激しい突き上げを始める。

これが、重の求めていたものなのだ。

不動に激しく求められる…。本当は、ただ悦楽を味わうためではなく、こんなふうに求められたかったのだ。ただ、自分の身体を玩具のように、弄ぶのは悲しいけれども。

「ん、ん…っ…」

パシンパシンと肉のぶつかる音がする。

「こうされたいのか？　もっと強く抉って欲しい？」

「はい、…ぅ、もっと、入れて、…」

「どこを突いて欲しい？」

「そこ、あ、もっと、…」

「よかったら、なんていえばいいんだ？」

「い、いい、です…。いい…っ。あ、もう、だ、め――」

背後から尻穴をずぼずぼと犯される。縛られたままの姿で。

肉のぶつかり合う音が、室内に淫らに響き渡っている。

不動の大きなもので、力強く突き上げられるのは、樹脂の玩具の比ではない。

射精したばかりの重のものが、再び勢いを取り戻す。

「達きたいか？　達くときは何て言えばいいんだ？」

「あ、達く、達く…っ」

教えられた言葉を、重はなぞる。

「あの…申し訳ありませんが…」

遠慮がちな声掛けがなされる。無我夢中で淫欲を貪っていた重は、はっと動きを止めた。

「どうしても、こちらの判断を仰《あお》ぎたいと…」

（三平……！）

組の中でも、重を慕ってくれている三平の声だ。

「開けていい」

今度は、不動は重を隠したりはしなかった。

重は顔を真っ赤にしながら、うつむいたままでいた。

襖が開き、三平が息を呑むのが分かった。

不動は着衣を乱してはいない。着物の裾を割り、怒張だけを重の中に突き入れているだけだ。だが、重は違う。

縛られ、穴を抉られているのだ……。

「こちらの書状を…」

「これか、…その通り進めろ」

「分かりました」

そのやり取りの間も、不動はためらいもなく重の中で動かし続けている。

（あ、あ、動かさな、いで…くれ）

ずぼずぼと肉が、突き入れられている。組員に見られながら犯される。

「では、失礼いたします」

襖が締まる。

「あの組員とお前は、割りと仲が良かったたな」

不動は何でもお見通しなのだ。重が誰に見られるのが一番嫌がるのかも。だから三平だと知って、わざと彼に見せつけたのだろうか。そんなことを三平にする意味が、あるとは思えなかったけれども。

「アア…っ！」

三平がいなくなった後、不動は突き上げを速めた。

そして重はその日、吐精を受け止めながら絶頂を極め、失神した。

重は目覚め、やっと自分が、いつの間にか不動の剛棒から解放されていたことを知った。

金の針で責め抜かれた日から、重の生活は一変した。あれから昼となく夜となく、不動が組に戻ってきたときは、重は不動の伽《とぎ》を、つとめさせられている。

幾夜、重は不動の精液を身体に浴びせかけられたのか、もう覚えてはいない。

舌を巻くのは不動の強靭さだ。夜、重を散々抱いた後、重が気を失うようにして眠りにつくのはいつも外が白んでからだ。責め抜かれる間、重の嬌声は朝まで途切れることはない。

そして朝、不動が仕事に出る前に、重は再び抱かれることもあった。

まだ夜の余韻を残し、じんじんと痺れる肉裂に、散々注ぎ込まれた潤いの力を借りて、再び肛内を抜き差しされる感覚は、壮絶だった。

朝の方が、敏感になっているような気もした。

出発ぎりぎりまで不動は、重の内壁が絡みつき絞り尽くす感触を味わう。そして重が身体をくねらせ胸の尖りを立たせれば、そこを弄り尽くし、揉みしだき、重を一層感じさせるのだ。出立《しゅったつ》の時間を気にして、若頭自身が呼びに来ることもあった。

重の体内にたっぷりと吐精を注ぎ込んでから、不動は身体を離し、まるで何事もなかったかのように身支度を整え、部屋を出て行く。

そして朝食を三平以外の者が運んでくるとき、必ず彼らの目には、好色《こうしょく》と好奇の色が浮かんでいるのを、重は見ていた。

(悔しい……)

重は上体を起こすと、不動の脱ぎ捨てていった着物を肩から羽織った。

自分の着物は…とても見られたような状態ではなかった。脱がされた後、重の身体の下にあったそれは、重と不動の放ったもので、しとどに濡れていた。

不動が放ったもので、飲み込みきれなかった雫が重の太腿から滴り落ち、着物をぐしょぐしょに濡らしていたのだ。飲み干せないほどにたっぷりと、不動の精液を毎晩、重は下の秘穴に注がれている。

重の肉唇は既に、不動の鉄のように硬く熱く太いものを打ち込まれても、それを柔軟に受け入れられるようになった。それどころか…。

(入れられれば…俺は…身体が疼いて…)

いやらし過ぎる肉棒の責めに、重の身体は自然に、そして従順に開いていく。

外に舎弟がいようが、不動はおかまいなしだった。

今までの顔見知りに、重は嬌声を聞かれているのだ…。

そしてその声は、以前よりもずっと……。

重は拳を握り締めると、ふらつく身体に力を込めて立ち上がる。

立ち上がった瞬間、とろり…と男の放ったものが垂れてくる感触に、重は青ざめた。

風呂に入り、しっかりと中を洗ったと思ったのに、まだ残っていたらしい。

男に剛棒を挿入され、肉孔を使われ吐精を叩きつけられる。

足を大きく開き、狭間に逞しい身体を挟み込む、いやらしい体勢を取らされる羞恥に脳が焼ききれそうだった。けれどその羞恥すら、肌を敏感にさせる要素になり始めている。

不動の射精を打ちつけられる熱さに、重は気が狂いそうになるほどの快感を感じている。

しかもよがり狂い、重は泣き続け、足を大きく開いて彼の肉棒を呑み込み、狂おしい快楽を貪った。

最後はもっと、とねだった。強く突き上げてとか、言ったかもしれない。

(くそ…っ…)

このまま部屋にいれば、いくらでも淫らな記憶を思い出してしまう。

(もう一度、シャワーを浴びて……)

風呂に入って、冷たいシャワーでも浴びて、昨夜の記憶を洗い流してしまいたい。

そう思って重は、外の襖に手を掛けた。

(誰もいない…)

よかった。

見張りらしきものはない。重がすっかり不動の身体の魅力に捕らわれ、逃げ出すことを諦めたとでも思われたのかもしれない。重は風呂に向かうために、板張りの廊下を歩き、角を曲がろうとする。その時、組員たちの会話が聞こえてきた。

「最近の矢島さん、ずい分色っぽく啼くようになりましたね」

(っ!)

重は思わず足を止める。

組員たちは、三、四人だろうか。下卑た嘲笑が混ざった。

「朝も夜も、のべつまくなくああやって色っぽい声を聞かされちゃ、たまんないですよ」

「前は多少は苦しそうに聞こえたこともあったけどなぁ…、あの組長の持ち物は、ものすげえからな。最近は組長の仕込みのせいだろうが、感じすぎて気持ちよすぎてたまらないって感じに啼くようになったよな。よくあんなもの入るもんだと感心しちまうよ。男に抱かれるのにもずい分慣れたみたいだよなあ、矢島さんも」

「今まで組長は、矢島さんには手を出さなかったのは、一目置いてるのかとも思ってましたけどね。だから俺たちも敬意を払ってましたが…。あんなに綺麗な面をしてるのに手を出さなかったのは、好みじゃないのかとも思ってましたが、あれでなかなか。一度手を出せば、あそこの締まりもよかったと見えて、毎晩責め続けてますよねえ」

くっくっと男たちが咽喉で笑う。

「身体が好みだったんでしょうかね。あの綺麗な美貌にあの色っぽい声、しかもあそこまで名器ときちゃ、組長も手離せないでしょうよ」

「昨日も、すごいですね。明け方までずっと響いていて、しかも朝まで、しっかり抱いてから仕事に出て行く。組長のあの強靭さに驚きですよ」

彼らは、重の身体の談義《だんぎ》に花を咲かせているのだ。

いたたまれない。悔しいのと恥辱とで、重の目の前が真っ赤に染まる。

「でも…、あの矢島さんが、組長を裏切ったとは思えないですよ」

重の身体を噂していた彼らの中で、たった一人だけ、重を庇う者がいた。

(三平……!)

皆に同調しなければ、立場が悪くならないとも限らないのに。

「それに、矢島さんは組長の補佐的な役割を、今までもしていたでしょう?」

「そういえば、お前は矢島さんの手下みたいなもんでもあったたな」

同じ頃に組に入った五郎《ごろう》の声だった。

三平はまだ、重に対する忠義があるらしかった。

三平には、重は楔を打ち込まれ、気持ちよさげに啼いている顔を見られている。

もうこれ以上、彼らの会話も聞いてはいられなくて、足早にその場を立ち去ろうとすると、さすがに外の気配に気づいたのだろう。

「誰だ…っ‼」

一人がば…っと勢いよく襖を開けた。

その場に立っていた重に気づき、五郎は目を丸くする。

「どちらへ行くつもりですか？」

質問は一応敬語だ。だが、その口調は、以前重に向けていたものとは違っていた。

以前は、敬語に本当の尊敬が混ざっていた。今は、侮蔑が混ざる。

それは、不動によって、女の立場にされた者への優越感だ。

「どこでもいいだろう？」

重の言い方は、五郎の神経を逆撫《さかな》でるものだった。すると。

「…行き先をおっしゃって下さい。さもなければ、部屋に戻っていただきます」

「お前…」

重は目を吊り上げる。

きっぱりとした五郎の口調には、重に従わないという意志があった。

今までは決して、重の命令には背かなかったのに。

「誰に向かって口をきいている」

それでも、重は今までの強気の態度を崩さない。生来《せいらい》の負けん気の強さと自尊心が、頭をもたげる。五郎ごときに、そんな口調で蔑《さげす》まれるようなことを、自分はしていない。

何より重は、…不動を、裏切ってはいないのだ。

裏切り者としての扱いを、受けるいわれはない。

重が睨みつけると、怯んでいた五郎は、諦めを促すように重を説得しようとする。

「…組長の女、の命令には、従えないってことですよ」

重の胸に侮蔑が突き刺さる。もうこの組の中には、自分の居場所はないのだ。

「誰が女だ…っ」

「違いますか?」

言いながら、五郎の視線が重の肌に突き刺さる。それは、重も気づかなかった変化だ。外は夕闇から変わり、既に月が昇り始めている。月明かりに照らされた重の肌は、艶やかな光を放っている。精液を浴び続け、身体の中に流し込まれ、重の肌は艶めいたものにまず、変わった。

吸い上げられた口唇は常に紅い。観賞用だけではなく、淫心を掻き立てる美しさだ。毎日のように男に抱かれている者だけに訪れる、変化だ。

「部屋に、お戻り下さい」

五郎が重に手を掛けようとする。その前に、三平が立ちはだかった。

「三平…」

「おい、お前、組長の命令に逆らう気か?」

「いや、違う。だが…」

実直そうな顔が、苦渋《くじゅう》に歪む。

その時、重の背後に目をやった五郎が、頭を下げた。

「おかえりなさいまし」

「ああ」

不動だった。

「何をやっている?」

廊下での問答を、不動が咎める。

「矢島さんに、部屋にお戻りになるよう、お願いしていたところです。…勝手な行動をされないよう、組長に命令されておりましたので」

「そうか。だが重はそれに逆らってたんだな」

「その通りです」

五郎が不動に告げる。

「来い。部屋に戻れ」

不動が重に命じる。相変わらず、反論の隙を与えない、命令だ。

配下《はいか》の前で、不動に素直に従うのは癪だった。

先ほどの下卑た嘲笑が、重の胸を塞ぐ。身体で籠絡《ろうらく》され、本当に彼の剛直という武器によって、何でもいいなりになる女…そんなふうに思われるのは悔しい。

「後で、戻る。それでいいでしょう?」

毎日のように抱かれていても、決して心まで屈したわけではないことを、部下の前で見せつける。何も逆らえない部下とは、自分は違う。こうして、性交を強いられていても、それでも、不動に噛みつく気概を失ってはいない。すると、不動は部下の前で、重の腰を抱いた。

「な…っ」

「お前たちも、俺に逆らえばどうなるか、分かっているだろうな」

重の腰を抱き寄せると、不動は重の身体を引き摺りながら、部屋へと連れ戻していく。

部下たちは、重に対する不動の仕打ちを見て、逆らえなくなる。

腰を抱き寄せる仕草には、淫靡な気配が漂っていた。それは、これから不動が重に行うことを示唆している。重がどんな制裁を受けているのか、部下の前で見せつけられる。

部屋に入る直前、たった一人、声を掛けた者がいた。

「待って下さい、組長…！」

「おい…！」

三平だった。その背後には、慌てたようについてきた五郎がいる。

「あの…」

「何だ？」

「恐れ入りますが…、矢島さんは…その、具合が悪そうなので…、今日くらい休ませてあげてはと…」

三平の進言《しんげん》に、五郎が顔色を変える。五郎は、三平の身を案じたに違いなかった。組長に直接、三平ごときの身分の部下が進言するなど、あってはならないことだからだ。

「てめえ、俺に逆らうつもりか？」

不動が三平を一瞥《いちべつ》する。たったそれだけの行為で、三平は震えるのが見えた。

三平は勇気を振り絞って、声を掛けたに違いないのだ。

ずっと、重のことを心配してくれて…。

自分のせいで、三平を危ない目にはあわせたくはない。大切に思ってくれているからこそ、自分も彼を守らなければならない。重は人を犠牲にした上の平穏を、望んではいない。そのくらいなら、自分が傷ついたほうがいい。

「三平は、…俺を心配してくれただけです。三平、いいから戻って…」

「ですが…！」

重が三平を庇ったとき、重を抱き寄せた不動の腕に力がこもるのが分かった。

不動は、重の目が他の男を見て、自分の身が傷つけられても庇いたい、守りたい、それほどに大切にしている男がいると、思ったようだった。

「重、俺がいない間に、あいつをたらしこんでいたのか？」

嫉妬めいた口調が心に突き刺さる。尖った瞳が、重の胸を射抜いた。

「な…っ！」

今度は、重が顔色を失う番だった。

「そんなこと、していない…！」

不動が奥の部屋の襖を開ける。強引に身体を引かれ、重の身体が畳の上に引き倒される。

「三平、お前、重の腕を掴んでおけ」

「え…っ」

三平が蒼白になる。

「襖を閉めて、こっちへ来い。五郎、外で見張ってろ。もし三平が俺に逆らうような真似をして、俺が呼んだら容赦なく、…ぶちのめせ」

「は…っ」

五郎は不動の迫力に気圧《けお》され、何も言えずに命令に従う。

部屋には重、不動、三平の三人だ。不動の着物を纏った重の上に、不動の身体が重なってくる。

「や…っ!!」

三平がいるのに。

(何を考えて…っ!!)

重はもがいた。だが、両手首を頭上で、一まとめに拘束される。

いつもは引き抜かれた腰紐などを使って、重を縛りつけるが、今日は違うらしい。

「三平、重の両手を、押さえとけ」

「ですが…っ」

「さっさとしろ!」

びりりと、鼓膜が破れるような、迫力だった。

三平は重を大切に思ってくれている。それは理解している。だが不動の迫力には敵わない。

「や、やめ…っ‼　離せ…っ」

重は絶叫した。頭上に、苦渋に歪む精悍な顔つきがある。

「すみません…」

三平は苦しそうに言った。外には五郎も待っている。

五郎の腕っ節の強さは、三平は知っている。そして、三平は結局は不動に逆らえないことも。自分のために、犠牲にならなくていい。

案の定、三平は重の腕を掴んだ。

「すみません、…矢島さん」

重の胸に暗澹《あんたん》とした絶望が広がる。

今の不動は本気だ。命令に逆らえば、二度と、日の目を見られないかもしれない。

三平はゆっくりと膝を折る。そして、重の両手首を、がっちりと畳の上に押さえ込んだ。

「やめろ…っ‼」

重はもがいた。

「やめ、やめさせて…っ！　逆らわない、だから…っ‼」

重はもがきながら、哀願する。その間にも、不動が重の着物の裾を捲り上げる。

不動の意図が分かった。命令に逆らった三平を許さないのではない。三平を、他の男を庇った重を、許さないのだ。

だから、その男の前で、抱かれるのを見せつけさせるのだ。

（人に、見られるなんて…）

男根をがっちりと嵌められた姿を。そう思うと、羞恥に目の前が真っ暗になる。

なのにはしたない身体は、不動の掌が太腿を割れば、ひくりと奥の蕾がヒクつくのが分かった。そう、不動に仕込まれたからだ。

仰向けにされ、頭上を別の男に拘束され、そして下肢を大きく開かされる。

二人の男に、今の重は同時に身体を力ずくで押さえつけられているのだ。

しかもこれから、不動は重を抱くつもりらしい。

男に穿たれる光景も、そして零す嬌声も、別の男にも聞かれてしまう。

「いやだ…っ！」

重は腰をくねらせる。すると、同情と心配げに見守っていたはずの三平の目に、妖しい光が帯びるのが分かった。

（…っ！）

三平もまた、重に欲情しているのかもしれない。

重自身も、他の男に見られたまま不動に抱かれる…そんな背徳《はいとく》の行為を強いられることに、興奮を覚え始めているらしい。意志とは裏腹に、重の身体が敏感になっているのが分かる。

不動はいきなり、重の菊口に指を突き入れた。

「やああ…っ！」

嬌声の混じった悲鳴に、腕を掴む男の力が強くなる。

「まだ、濡れてやがる。今朝までたっぷりと放ってやったからな」

わざと三平に聞かせるように、不動がぐちゅっ…ぐちゅ…と音を立てて指で中を掻き回す。自然に濡れないはずの器官は、男に注がれたもので、ぬちゃぬちゃと音を立てている。男に精液を、充分に放たれた証拠だ。

見られていることも、…抱かれていることを知られていても、それでもこうして証拠を突きつけるようにされれば、重の頬が恥辱に真っ赤に染まる。なのに、指に感じてくねる腰がうらめしい。

「見せてやるか？　重。三平に。お前のここがどんなに大きく広がって、男のものを受け入れるか。今はまだ、指二本しか入ってねえが、それがこれからもっと大きく広がるんだぜ。しかもその後、俺のものに食いついて、離れねえ」

そして、不動はわざわざ重の菊唇がどんなふうに広がり、どんなふうに呑み込むのか、いちいち説明してみせた。ぬちぬちと音を立てて、粘膜が広げられていくのが分かる。

「信じられねえだろう？　こんなに狭そうに見えるここに、男のもんが入っちまうんだぜ」

三平がごくりと咽喉を鳴らすのが分かった。

（あ…っ…）

最初は無理だと、思ったのに。

今は、不動のものを香油の力を借りてではあるものの、易々と受け入れられるようになった。みっちりと怒張で押し広げられる充足感、それは得難い快楽だ。

「どんどん開いてくる。いやらしい孔だな、重」

「やめて…っ‼」

不動が中を掻き回す。淫靡な音が耳を突き刺す。本当に、受け入れる準備をされている。三平の前で。

他の男の前で、男の剛棒を受け入れるのを、見られるというのだろうか。

恥ずかしさと恥辱に、頭がぼう…っとしてくる。そしてくちゅくちゅと指が媚肉をなぞるたびに、摩擦の快楽が沸きあがってくる。

「ほら見ろ。こうして後ろを指で犯されただけで、重は感じて前を勃たせるいやらしい身体をしているのが分かるだろう？」

「やああ…っ…もう、やめ…っ」

重は唯一自由になる首を振った。逃げようと腕を引き抜こうともしてみた。

だが、三平の力は強く、びくともしない。それは腰を押さえつけている不動も同様だ。

もとより、成人した男二人に身体を押さえ込まれていては、逃げようがない。

「今晩は、腰の使い方を、…教えてやるよ。お前は自分で腰を振って、男を達かせる方法を覚えるんだ」

秘花に埋め込まれ、揺すぶられただけで精一杯だというのに、不動は重に秘孔を使った調教を、強いようとしているのだ。不動が重の見ている前で、己の剛棒に香油を塗りつけた。

「三平…、離して…っ！」

最後の哀願を試みる。だが、不動の前で、別の男の名を呼び、助けを求めたのが、不動は許せなかったらしい。

指が引き抜かれた。亀頭が蕾に擦りつけられる。

（や…っ、熱い…っ）

今にも、ずぼずぼと音を立てて、入ってきそうだった。

「今お前を抱いているのは、…俺だ」

宣言すると、不動は重の腰を掴み、先端を押し当てた。

「やああ…っ」

重の身体が硬直する。つま先までを突っ張らせて、重は挿入の衝撃に耐える。

全身の震えは三平にも伝わったはずだ。苦しげに三平が顔を歪める。だが、目は閉じてはいない。

重が男の猛ったものに犯される瞬間を見過ごすまいとするように、視線は下肢を動かない。

ずぶりと突き刺さった男の肉棒は、ゆっくりと重の中に侵入していく。

「…犯してやるよ」

まるで、重が不動のものになっていく瞬間を、不動は三平に見せつけるかのように、時間を掛けて挿入された。

（ああ…入って、くる…）

とうとう、三平の見ている前で、男の剛直に犯されるのを見られたのだ。

男の、腰骨が当たった。すべてを受け入れたことを知る。

赤黒くぬらぬらと光った怒張…いやらしげなそれをすべて、重は尻孔に入れられたのだ。

不動はすべてを埋め込むと、重の腰を押さえたまま、大きく一度突き上げながら、腰全体を揺すぶった。

「はぅ…っ！」

全身に、電流が突き上げるような刺激が走った。見られているという羞恥が、快楽を倍増される。

（いつもより…感じて…）

重の身体はおかしくなってしまったみたいだった。いつもよりも感じて、ほんのわずか、男根が動いただけで、前の肉茎が熱い蜜を零し始める。

「こうされるのが好きだろう、重。男のものをこうして入れられて、中で動かされるのがよ」

不動は重に大きすぎる己のものの質感を馴染ませた後、抜き差しを開始した。

「ああ…っ…！」

たまらず、重は三平の前で嬌声をあげる。まだ男に抱かれて残る余韻…痺れるそこに再び肉棒を打ち込まれる刺激は、たまらない。

（ぞくぞく…する…っ、ああっ…あんな…ところが…）

疼きまくり、摩擦の刺激が届けば、甘痒い快楽が走る。重は身悶えて、不動の酷すぎる責めを甘く受け止めた。

「お前のここは、俺のものに絡みついて…女よりずっと、恥ずかしい襞《ひだ》だよな」

うねうねとうねり、不動のものを包み込む場所の感想を吐かれ、痴態を晒す自覚を促されて、重は卑猥さにより感じた。

肉壁が熱くて、敏感になって、たまらない。

「あ…、ん、…あ…っ」

もう既に、抵抗の言葉を吐くことができない。激しく怒張を埋め込まれ、重は快楽に喘ぐ。

「見ろよ、お前がどんなにいやらしい格好で、気持ちよく喘いでいるのか…」

不動が事実から目を逸らすのを許すまいとするように、重の腰を持ち上げる。

自らの下肢に、猛りきった太い肉の棒がぐっさりと突き刺さっているのが見えた。

赤黒く太い怒張が突き刺さっている。

不動と繋がっている。

鉄のように熱く、朝も夜もなく重を刺し貫く、淫らな快楽を与える楔だ。

刺し貫いているものを、不動が前後させる。

(あ、俺の、中に…)

淫ら過ぎるものが、己の孔に突き入れられては出ていくといった光景を、見せつけられる。

重の中に、不動の太くかちかちに硬い大きなものが、全部…入っていく…。

それが、抜け落ちる限界まで引き抜かれ、再び、力強い動きで、すべてを埋め込まれる。

「いや…っ、もう、…っ」

重は必死で目を逸らそうとする。顔を逸らせば、別の男の顔が目に入るのだ。

（あ…っ、や、め…）

重の中をぬちゃぬちゃと抜き差ししているのは、不動の男根だ。だが、抑えつけている男は、三平で。

二人の男に犯されているかのような、錯覚を覚える。それは奇妙な背徳とともに、卑猥すぎる悦楽を、花芯《かしん》に植えつけるのだ。

感じすぎて、いやらし過ぎて、たまらない。三平の前で、不動は容赦ない打ち込みを繰り返す。

「中を俺でいっぱいにしてやる」

精液で、いっぱいにされるほど、何度も挑まれる。

「重、…足を俺の腰に回せ」

ふいに、両脚を大きく開かせていた不動が、重に命じた。

今度は開くのではなく、足を閉ざすようにさせるらしい。

ゆっくりと、仕方なく重は不動の腰に足を回す。すると、その行為の間、中を別の角度で男根が抉るようになる。

「ん…っ」

別の部分を突かれ、甘い刺激に重は鼻に掛かった吐息を洩らした。

「腰を、回してみろ」

今晩は、腰の使い方を教えてやる…不動は三平の前で新たな性戯を仕込むつもりなのだ。不動は重が自ら腰を蠢かすまで、ゆるく腰で円を描いていた。緩急《かんきゅう》をつけた肉塊《にくかい》の刺激に、重は息を荒げる。

「はあ…っ、あ、は…っ、は…ああ…っ」

うねうねと中で淫棒を動かされ、甘い刺激を送り込まれ、重は腰が痺れるような快楽に堕ちていく。自然に腰が揺らめき、不動が言うように、重は自ら腰を回し始めた。

「食い締めて離さねえ、すごい締めつけだ。やっと覚えたな。そうやって男に抱かれるんだよ」

不動の声が、重を責め抜く。

「今日も可愛い声で哭けよ。ご褒美だ。中にいっぱい出してやるよ」

秘穴を肉挿しし、不動が腰を回しながら突き上げる。変則的な動きに、重の媚肉が収縮する。粘膜が与えられる刺激を貪る。

（ん…っ、い、いい…っ…）

杭をがっちりと穿たれて、重の腰が卑猥に蠢く。

「こうして俺に、ガンガン中を突いてもらいてえんだろう?」

逞しく強い男の腰使いに、重は息も絶え絶えな気分を味わう。そして、激しい快楽も。他の男ではこうはいかないだろう。

「俺の味と抱き方を覚えるんだ」

重のここで…そう言いながら、不動が重の肉孔を突いた。重の卑猥な口で、不動の味を覚えさせられる。

「ここは覚えが早いみてえだな。こんなに細くて華奢な腰をしてんのに、がっちり俺のものを咥え込んで、離さねえ。分かるか？　重」

ぐちょぐちょと肛壁を突きまくられる。

そうすると、淫靡な刺激に大きな波のような快感が何度も何度も重をさらう。

重は恥ずかしい孔だけではなく、口淫でも不動のものを飲まされ、不動の味を覚えている。

荒々しく男根で刺し貫かれ、重は喘いだ。

重の尻穴に、不動が入っていなかった日があったことを、重は忘れそうになる。

もう、重の大切な場所は、不動のものなのだ。不動だけの。刺し貫かれていなければ、寂しさを覚えるほどになってしまった。

「突いて欲しいか？　重」

「もっと…、強く突いて…っ、くださ…っ」

重は誘われるまま、淫靡な言葉を口にさせられる。

そうやっていやらしい言葉を言わされると、もっといやらしい気持ちになって、身体が敏感になって、快楽が増すのが分かる。

「どうだ？　三平、これが嫌がってる顔に見えるか？」

（あっ!!）

燃えていた重の身体が、一瞬にして覚める。重は自ら振っていた腰の動きを止めた。

まだ、三平がここにはいたのだ。自分の腕を拘束する主を、忘れそうになっていた。

今さらのように、重は口唇を噛む。理性が戻る。

「今さらだろう？　重。俺に抱かれてどれだけ気持ちよく啼いているか、見せてやれよ」

不動が容赦なく重に怒張を打ち込む。

「や、あ…っ」

口唇はあっけなく解かれる。

「今日はお前の達き顔を、たっぷり見せてもらわねえとな」

重はそうして、絶頂を迎える淫猥な顔も、…男の前で晒したのだった。


『達く…っ…、も、あああ…っ――…っ』

昨晩の自分の絶叫を、重は覚えている。

重は布団の上に横たわりながら、シーツを握り締めた。

室内には既に、重を犯していた二人…の男はいない。

『達かせて……っ、い、いい…っ』

『重、いいか？』

『すごく、いい…っ』

『お前のいやらしいぐちょぐちょのここに、俺のものをもっと飲ませてやろうか?』

『は…っ、あ、飲ませて、くださ…い…っ』

昨晩の台詞を思い出し、重は頭を抱えた。

まだ、身体が熱い。淫らな台詞の数々を思い出せば、じわりとあそこが疼く。不動のものをずっぽりと打ち込まれていた部分だ。排出口のはずのそこは、男を達かせる性器へと、変貌と遂げている。

一体何度、重は不動の身体の下で、絶頂を迎えたのだろうか。

(……)

重はそっと、自分の手首を見やる。そこには、強い掌の跡がついている。

紅い、跡。三平がそれほどに強く、自分を抑えつけていた証だ。

(三平は俺を、軽蔑したのかもしれない…)

そう思うと、一抹の寂しさが込み上げた。だが、不動の男根で抉られる快楽は壮絶で、途中から三平の存在を忘れていた。それに重は、二人の男に犯される背徳感…みたいなものを感じていた。それは重の感覚をより鋭敏にさせ、快楽を増幅《ぞうふく》させたのだ。

『こんなに蜜をだらだら零して…下腹よりずっと遠くまで、飛んでやがる』

『あ、ん…っ、ああ、んん…ふ、うう』

重は絶頂を迎えるたびに、白濁を飛び散らせた。それは三平のほうにまで、飛んだかもしれない。男根で陰裂を割り開かれ、ずぼずぼと中に出し入れされ、そして強く打ち込まれるたびに、重は派手に放出を繰り返すほど、強く、激しく感じさせられた。

肉棒で突きまくられ、精液の放出によって甘く蕩かされた媚肉を擦《こす》り上げられる快楽は、重を悶え狂わせた。

(そういえば……)

途中から、重の意識が混濁《こんだく》した後、あることが…起こったかもしれない…。

記憶が吹き飛び、それは定かではなかったけれども。

重は口唇に指先を押し当てた。綺麗に拭われ、既にべとついた粘液の感覚はない。

あれは……。


「は…っ、ん…っ、感じすぎて、もう、だめ…っ、お願い。許して、くださ…っ」

不動にぬちゃぬちゃと剛直を打ちつけられながら、重はとうとう哀願していた。

両脚はしっかりと、不動によって教え込まれたように、逞しい腰に回しながら、だ。

もう、三平が腕を抑えつけていても、気にならない。

「ここをこんなに締めつけていながら、何を言いやがる。ほら、もっとお前の可愛い声を、聞かせてやれよ」

自ら淫棒をきゅっ、きゅっ、と締めつけながら、重は存分に声をあげさせられていた。

感じるだけの、性戯人形に、されたみたいだった。不動は己が感じるよりもっと、重を責め抜くことに悦びを感じる性質を持つ。だから重はいつも、死ぬほど感じさせられる。達きながら失神することなども、一度や二度ではなかった。

失神するほどの絶頂——それは、不動がいつも、重に仕掛けることだ。不動の剛棒は逞しすぎて、いやらしすぎて、悩ましい動きを繰り返して、重を責め抜く。重の襞も蠕動《ぜんどう》を繰り返し、不動のものを熱く包み込み、男の絶頂を促していく。

「ハァ…ハ…」

悩ましい声に、三平がいつの間にか、興奮しきった吐息をあげていた。すると、不動はふいに言った。

「三平、重をしっかりと押さえつけていたご褒美だ。今日一回だけだ。重の口を使うことを、許してやるよ」

「え…？　組長…っ」

「どうやら重も、お前がいるといつもより、感じているみたいだからな。自分がどんな立場か…男に、俺に逆らうことはできないんだってことを、身体に思い知らせてやるいい機会だ」

ズンズンと激しい打ち込みを続けながら、不動が恐ろしげなことを言う。

「お仕置きだ、重。口を開けろ」

「組長…っ」

三平はまだ戸惑っているようだった。

「言うことをきけ、重。命令に逆らうな」

「あううっ…！」

俺には逆らうな——、そう言いながら、不動が重の肉裂を引き裂くように強く掻き回す。痺れるような悦楽に、重の身体が従順に従う。

「三平、出せ。せっかくの機会を、棒に振るほどお前は馬鹿か？　一度だけ、お前の思いを、果たさせてやると、言ってるんだ」

「俺の…」

三平の顔が切なげに歪む。その表情は、重が不動を見つめるときの瞳に、似ているような気がした。

（もしかして…三平は…）

重のことを、好きだった…？

そんなことを、重は思った。不動はだから、三平に諦めさせるために、重を抱いている場面を彼に見せつけているのだろうか。なぜそんな必要があるのか、分からなかったけれども。

「だから、諦めろ」

不動が三平に命令をする。

三平は逡巡《しゅんじゅん》した後、頷いた。

「はい…」

そして、重を見下ろす。

「矢島さん……」

熱っぽい声が、重を呼ぶ。欲情しきった男の声だ。二人の男が、重の身体の上で、欲情を募らせている。

三平がズボンのファスナーを下ろす。ジ…っという音が、部屋に響く。ゆっくりと、その時間を惜しむように、懐から、ものを取り出した。

別の男のものが、布の中から飛び出す。

それは、不動ほどの大きさはないが、充分に勃起しきっていた。割れた筋も、伝わる脈動も動脈も、しっかりと浮き上がっている。どくどくと血流を漲らせた男根が、重の目の前に突きつけられた。

「重の中には出すなよ。こいつを汚していいのは、俺だけだ」

しっかりと不動が三平に釘を刺す。

「はい…。矢島さん、…すみません」

何に対しての謝罪だったのか。三平が重の横にしゃがみ込む。両腕は片方の腕で、しっかりと押さえたままだ。そしてもう片方の掌で、欲情した卑猥な陰茎を擦り上げている。

淫ら過ぎる光景に、眩暈がした。けれど。

「重、今お前の中ひくついたぜ。欲情してるんだろう? 二人の男に同時に孔を使われるの」

低い笑いが耳を突き刺す。それは事実を指していた。

「お前の身体は男を満足させるためだけにあるんだよ」

そう、不動が重ねて言う。何度も言われた言葉だ。

「こうして男に使われて、男を達かせてやれ」

重の役割を諭《さと》される。

「人に見られているほうが、感じるくせに、よ。手下どもに喘ぐ声を聞かれてたほうが、感じていただろう？　お前」

だからわざと、重の嬌声を、人に聞かせていたのだろうか。

重は耳を塞ぎたくなる。でも、腰が…卑猥《ひわい》にくねる。

「腰がいやらしい動きをみせているぞ。くねらせて、俺を煽りやがって。もっと突いてやろうか？」

「ああ…っ」

不動が接合を強める。ぐちゃぐちゃと掻き回す音が聞こえる。

「こうやって、中を抉ってもらう音も、人に聞かれた方が感じるんだよなあ、重」

蜜口に肉棒を埋め込まれていなければ聞こえない、ぐちゅぐちゅという音だ。

男性同士の行為は、ものを扱《しご》き上げて達すればいい…そんな柔《やわ》な行為で満足する輩《やから》もいると聞くが、不動はそんなことを重に求めない。必ず肛口を犯す性交を求めた。

そして重も必ず、大切で卑猥な淫口を差し出し、存分に男根で抉ってもらう。

「ああ。あ」

「重、早く、三平のものを咥えてやれ」

三平のものが口唇に突きつけられる。

「や…っ」

重は顔を背けた。だが、まだ遠慮のある三平の代わりに、不動が重の顎を押さえてしまう。そして無理やり口を開かされる。

「三平、入れろ」

冷酷な命令が下され、三平が重の口腔に肉棒を突き入れた。

（んんん――っ）

声にならない絶叫が、咽喉奥に飲み込まれる。三平のものは、不動のものを咥え慣れていた重にとっては、多少は楽に思えたが、やはり勃起しきったものの大きさは違う。

「ん、ン…っふ」

大きすぎて、息苦しい。何より、脈動が浮き出た男根は生々しい。青い匂いとともに、苦い味がした。

「重、噛み切るなよ」

不動が腰を動かしながら、命じる。

（あ、ん…んん…っ）

嬌声は、三平の淫棒によって塞がれる。三平は最初は遠慮がちに、重の中に入れただけだったが、次第に重の口の中で、肉棒を出し入れし始めた。

二人の男に、身体を使われている……。

重は二人の男の陰茎を身体の中に埋め込まれている卑猥な自分の姿を脳裏に描き、恥ずかしさのあまり身体を震わせた。けれどヒクン…と菊口が疼いた。強烈に疼くそこは、すぐに激しく陰棒によって摩擦され、痺れるような快感が訪れる。

「卑猥な顔だな、重。男のものをしゃぶるのが、そんなにいいか？」

言葉で、責め抜かれる。なのに、二人の男のものを咥え込まされ、二人の男に犯されているという事実、それが、重の快楽を増幅させる。

（ああ。ああ。あああ…っ）

三平は、重の口腔を使って達くことに覚悟を決めたみたいだった。もとより、重の淫靡な魅力の前に、普通の男の欲情が、耐え切れるはずがない。

「う…、矢島、さ…っ」

「重……」

身体の上で、二人の男の声がする。三平の欲情に耐え切れなくなった、切なげな声と、不動の余裕のある声だ。

三平が重の口腔に陰茎を突き立てる。咽喉奥まで達するほどに埋め込まれ、重は苦しげに喘ぐ。けれど、そんな重の苦しげな表情も、不動は味わいつくすように見つめている。男に抱かれる淫靡な重の表情はすべて己のもの…そんなふうに思いながら、不動は重を抱いているようだった。そして、淫ら過ぎる表情をもっと重にさせ、重の淫靡な表情を味わい尽くす。

三平の肉茎の出し入れが激しくなる。ずぼずぼと口腔を出し入れされ、重は堪えるように

目を閉じた。その間も、重の可愛らしい蕾は、別の男に犯され続けている。二人の男に辱められ、重の理性は既に残ってはいない。激しすぎる責めに、ただ、男の蹂躙に耐えるだけだ。

壁を剛棒が何度も擦り上げる。背筋にぞくりとした快感が走り、重は壁を収縮させ、腰を揺らめかせる。

そして…ぴちゃぴちゃと音を立てて、重は三平の肉棒を舐め始めた。そのほうがいっそう、…感じる。

自分の孔を犯す何もかもが、不動のものに思えてくる。

重は別の男のものを舐め続けながら達きまくり、下肢を不動の大き過ぎる男根に犯され続ける。

「ん、あ、ん、んん…、ん」

「矢島さ、あ」

男が重の名前を呼びながら腰を蠢かす。ぐう…っと膨らんだ瞬間、それは口内から引き抜かれる。そして、重の口腔を汚すことはなかった。その代わり。

「あああ——…っ」

三平が達したのを見極めると、不動は激しく重の中に肉楔を打ち込む。

重が下腹に飛ばしまくった白濁を指に取ると、重の尖りきった乳首に塗りつける。

「あ、ひ、あう、あ…んん」

胸を揉まれ、身体中を痺れさせながら、重は身体を痙攣させるほどに感じ、喘いだ。

不動は三平に、重の一番悩ましくいやらしい声を散々聞かせた後、激しく腰を前後させて強く強く打ち込みを繰り返し、大きく一度、腰を突き上げた。重の襞がきゅう…っと締まる。

「ああああ！」

不動が重の蜜壷に淫汁を撒き散らす。

（熱い。あ、不動さんのが…）

意識が霞んでいく。たっぷりと、不動のものを筒に注がれる。

三平ができないこと、…不動だけが、重の中に精液を着床《ちゃくしょう》させることができるのだ。

重を存分に男の白濁液で汚すことができる。

びくんびくんと身体を痙攣させながら、重は初めて味わう深い悦楽の波に堕ちていった。

徒刑囚《とけいしゅう》さながらに緊縛《きんばく》され、陵辱を受け続ける…。

二人の男に犯されて快楽に身を委ね、陵辱の悦びにひたるような淫らな身体だとは思いたくはなかった。

布団に横たわっていれば、昨晩のことが夢か現実か分からなくなってくる。

（夢ならいいのに）

そう、重は願った。

ただ、記憶の中で一番印象的だったのは、重が三平のものを咥えた時、不動の突き上げが激しくなったことだ。嫉妬めいた行為に、重は悶え、快感に必死で身を震わせ、不動の突き上げに耐えていた。男の淫欲に晒され、精液で濡れた重の身体を見下ろしながら、不動は激しく重を抱いた。肉壁へ繰り返される抜き差しに、重は刺し貫かれる悦びと、男に犯される味を感じながら、ぞくりと背を震わせ腰を揺すぶった。

苦しげに、切なげに、重は嬌声をあげ続けた。恍惚とした悦虐に落とされながらも、快楽を貪る淫靡な表情は浮かべない。身体だけが追い上げられ、心が激しすぎる快感についていけないのだ。でも、身体は完全に、男に…不動に抱かれるためのものになった。

もう、重はきっと、自慰では達けない。後ろを、男のものに抉ってもらわなくては。

男なしでは、不動なしでは、性欲を重が感じる限り、もう生きてはいけないのだ。

そして健康な男子であれば、誰もが性欲を覚える。つまり、重はもう、男を後ろの孔に咥え込んで抉ってもらわなければ、性欲を放出することができない。

きっと、性戯を盾に不動に命じられれば、咥えることも何でもしてしまいそうだった。

…そんな、いやらしい身体に、不動に変えられた。わずかな期間のうちに。

(このままでは、俺は…)

不動に抱かれることだけしか、考えられなくなる。

不動に抱かれるためだけにしか、生きられなくなる。

彼の性欲を処理するための存在にしか、自分の価値を見出せなくなる。

(それは、違う)

重が身を投げ出したのは、自分のためじゃない。

自分たち家族を崩壊させた、男達のしたことの、真実を知りたかったからだ。

その目的を、忘れそうになる。

『馬鹿なことは考えるな』

高校生だった重の頬に手をあて、温かく包み込んで不動はそう言った。

極道に関わるのは危険だ。奴らは手段を選ばない。そう諭した。

父の死は悔しくとも、お前だけは悪事に手を染めるな、と。

そして、極道を使って父を死に追い込んだ友禅作家も、因果応報《いんがおうほう》、そんな言葉が待っているだろうから、と。

『お前は自分が幸せになることだけ、考えろ』

妹が死んでしまった時、そんなふうに言ってくれたから。

(だから……――っ…)

重の透明な双眸から熱い雫が零れ落ちた、シーツに吸い込まれていく。

妹の入院費を少しずつだけれど不動に返済するたび、不動は苦笑しながらそれを受け取ってくれた。それは重が、着物を売った費用から返せるようになってから、行っていることだ。

不動は、最初からそんなはした金ともいえる金額を、受け取るつもりはなかったに違いない。でも、それだけが、重と不動を繋ぐつながりのような気がしたから、重は返していった。

重を金で買っていた不動が、重の事情を知った途端、重を抱かなくなった。

『ったく、俺としたことがよ。未成年に手を出してたなんざ。十七、か。どうりで慣れてねえはずだ。しかも処女をよ』

重の本当の年を知った途端、気まずげに不動は頭を掻いた。

そして、いらないと言ったのに、責任を取るかのように、友禅の工房に弟子入りして、学校に通う費用まで用立ててくれた……。

抱かれなくなってから初めて、重は不動に抱いていた憧憬《しょうけい》につける気持ちを、知ったのだ。

それは、狂おしい紅蓮《ぐれん》の炎のような、想いだった。

相手にされず、何とも思ってもらえないからこそ、一層燃え上がる。

愛しい気持ちを胸に秘め、重はずっとそばにいた。

想いを知られないよう、そっと押し隠し。

不動のそばにいて、途中から…重は本当に、…父を巡る過去の確執《かくしつ》を、忘れそうになっていた。不動のお陰で。

不動のそばで、幸せだったから。

どうしても忠義と恩を尽くしたい、その気持ちを理解されず、構成員にもさせてもらえなくても。反発した振りをして、出会った頃の生意気な態度をずっと崩さなくても。

それでも…――。

（う……）

重は嗚咽《おえつ》を噛み殺す。外には組員たちがいる。聞かれたくはない。

彼の自分に対する態度を思い出すたび、胸が塞がれる。

それと同時に、胸が焦がれて、たまらなくなるこの想い。

行き場のない想いを、自分は、どうしたらいいのだろう。


トントン。

泪が収まった頃、ふいに、重の部屋の襖が叩かれた。

「はい…？」

返事をする前に、す…っと襖が開く。

「し…っ」

入ってきた男は、後ろ手に襖を閉めた。人差し指を口唇の前に当て、重に声を出さないように命じる。

（この男は…）

最近組に入ってきた男だ。まだ一番下の雑用しかさせてもらっていない。

その男が、なぜ…？　重は眉を顰めた。

ただ、顔を知ってはいるが、あまり目立つ存在ではなく、問題を起こしたこともない。

入ったばかりの男というのは、血気盛《けっきさか》んで失敗を起こしがちだ。そのそつのない振る舞いも、重はあまり好きではなかった。油断のならない気配を感じる。

「単刀直入《たんとうちょくにゅう》に言います。矢島さん、ここを逃げたくはありませんか?」

「…え?」

重は目を丸くする。

「はい、かいいえ、だけで答えて下さい。逃げたいですか?」

男は急いでいる。人目を忍んで、奥のこの部屋…重が淫靡な調教を繰り返されている部屋に、やってきたに違いなかった。

裏切るつもりはない。だが、このまま単なる抱き人形の立場でいるのは、あまりに辛すぎる。ただ、それだけ。そして、この立場に貶めた相手のことを、重は忘れてはいない。

「…逃げたいに決まってる」

そう重が答えると、男は言った。

「私がその手伝いをしましょう」

「でもどうやって…?」

「それはおいおい分かるでしょう。あなたはそれに合わせるだけでいい」

「でも、逃げた後は…!」

「景浦があなたを守ります」

やっと分かった。この男は、景浦のところから送り込まれた犬なのだ。

「あなたは、うちの組にとって、必要な人になるでしょうから……」

彼が言ううちの組、それは景浦の組だ。

なぜ必要なのかは分からなかったが、彼の申し出に重は既に頷いてしまった。

男は入ってきた時と同じように迅速に、さっと部屋を出て行く。

ゆっくりと考える隙も時間も、与えられなかった。

もし裏切ったと思われても。それでも、重は……。

不動の激昂《げっこう》は、自分が悪いのだ。たとえ信じてもらえなくてもそれでも。

ある決意を重は胸に宿していた。


その日、仕事を終えた不動は、重の元にやってきた。

重はいつもの着物姿で、不動を出迎えた。そして不動が重の腰を抱き寄せる。

永遠とも思える、夜の時間が始まろうとする。

重は不動の胸の中で、そっと目を閉じる。顎が取られ、不動が重の顔を上げさせる。

目を閉じたまま、重は上向いた。

「ん…」

不動が重に口づける。本当はそれだけで、重の頬は上気させられる。

不動の口唇が、自分に重なっている……。そして、それは重なるだけではすまない。

口唇を広げられ、口内に舌が潜り込む。

「あ…」

すぐに、吐息が零れ落ちた。立ったまま、腰をきつく抱かれ、ねっとりとした口づけを受け続ける。ちゅ…っと唾液の絡まる音がした。

「んん…ん、あ」

濃厚な、口づけだ。重なり合うだけでも胸が高鳴るのに、それ以上の官能を、不動は口づけで与えようとする。

身体を重ねると、下肢の狭間に不動の熱いものが当たる。それは既に膨らみ始めていた。

(当たる…っ)

怒張の持つ迫力に、重は腰を逃そうとする。けれどぐい…っと力を込められて、重の腰が押しつけられる。

熱く硬く膨らみ始めたものを狭間に押しつけられながら、官能を煽る舌を舐め上げられれば、奇妙な興奮が重を包む。身体をぴったりと合わせながらの口づけは、淫靡な快楽を既に重の身体に植えつけている。

猛りを押しつけられていると、まるで、入ってもいないのに、不動のものが重の中に潜り込んでいるような錯覚を覚える。

立ったまま、肉挿しされているかのような。

不動がわざと重の肉茎に己の肉棒を押しつけたまま、掌を背の窪《くぼ》みに滑らせた。

(あ…っ)

ぞくりと悪寒に似た快楽が、背筋に走る。そして息苦しいほどの官能に、口づけが変わる。

「あ、んんん…っ…ん…っ」

舌を絡ませられ追われ、重は喘いだ。キスだけで、頭がぼうっとしてくる。

身体が火照り、男を受け入れる身体に、準備を整えられていく。

不動が重の着物の前を開いた。首筋に口唇を落としていく…。

ちゅっ、ちゅっ、と音を立てて、肌が吸い上げられていく。

「そういえば、お前の所の工房の隣から、苦情が上がってたな」

不動が言った。

「苦情？」

「そうだ。今日連絡が入ったんだが…。すえた匂いがするとか。誰か人が死んでんじゃないかって、警察に連絡する寸前だったらしい」

「あ、もしかして…」

「何だ？」

「染付けに使う染料が、腐ったのかもしれません。問屋との連絡も途絶えてますし…」

もしかして、これは…。

昼間、景浦のところの犬が、仕掛けたものなのだろうか。

重にできることは、口裏を合わせること、そして、逃げるきっかけを逃さないことだ。

本気で最後まで、逃げ切るつもりはなかった。ただ、この…不動の抱き人形の立場から、ひと時だけでも、休む時間が欲しかっただけ。

「一度だけ…工房に戻らせてくれませんか?」

「何?」

「近所に迷惑は掛けられません。染料を整理させてもらうだけで、いいんです。それだけで…。その後でなら、こうして…」

重はうつむくと、言った。

「好きに、俺を扱っても…かまいませんから…」

言いながら、胸が痛んだ。欲望を果たすためだけみたいに、抱かないで欲しかった。

「お前の身体を?」

「はい。…好きに俺の身体を使って、達って…ください…」

声が小さくなっていく。淫らな言葉をわざと使った。なんとか、不動に頷かせなければならない。

「お願い…します…」

重は自ら身体を不動に擦りつけ、淫らに誘う。不動の肩から、着物を落としていく。

(傷……)

不動に付けたこの傷。重の名前で呼び出された時に、襲撃を受けて付いたものだ。

今でも、悔しい。重の名前で呼び出され、そんな傷を不動に付けてしまったことが。

それは多分、景浦だ。景浦は、重を使って、不動の組に抗争を仕掛けようと狙っていた。

重を利用しようとしていたのだ。

景浦を、許せない。蹂躙を受け続けても、不動の怒りの原因を作ったのは、景浦なのだ。

そして、不動に傷を付けたのも…。

「いいだろう。ただし、そんなお願いの仕方じゃ、許可は与えられないな」

そう、不動が言った。


「座っていい。そう、自分で脱ぐんだ」

重は脱いでいく瞬間を見られていく…。裸体を、目の前の男の眼前に晒す。

座って膝を突き合わせていると、不動の掌が、ぐ…っと重の両膝を押し開いた。

「あ…っ！」

完全な裸体、そして狭間に男の視線が注がれる。勃ち上がりかけた陰茎も、その下の秘唇も、…皺の寄った菊口は慎ましやかにまだ閉じている。

不動が重の指に己のものを重ねた。そして重の下肢に誘《いざな》う。重ははっとなる。

「ああ…っ！」

不動の掌と一緒に、重のものを握られた――。

ずず…っと茎を数度扱き上げた後、不動の掌が離れていく。

「お前のいやらしい姿を、俺に見せるんだ。充分に満足させれば、工房に戻る許可を与えてやろう」

淫らな取引き。けれど重に逆らう術はない。重は顔を正面の不動から背ける。掌の中のものが、熱く熱を帯びて、掌に熱さを伝える。既に反応を示していた。

(俺の…が…)

不動の目の前で、自慰をするよう、求められているのだ。

まだ、不動の掌で達かされるならば、言い訳も立つ。だが、このほうがよっぽど淫らだ。

「いつもどうやって自分を慰めてたんだ？　今はまさか、俺がたっぷりと満足させてやってるから、一人でやってはいないと思うが…」

不動に達かされ続けた身体は、痺れきり、自慰を考えたこともない。

いつも、もう、これ以上達かさないで、そう願うほどだ。

達き続けることが苦しい…そう思わされるなど、初めてのことだった。

毎晩一度では、すまない。何度も挑まれ、蜜壷から蜜を搾り取られた。もう達きすぎて、既に出すものもなく、透明な液がちょろりと洩れるだけの時もあった。

けれど、重は後ろだけで激しい快楽の渦に巻き込まれながら絶頂を極めている。後ろ、…だけで。後ろに男のものを挟み込まれて…。

けれど不動は、ぐちょぐちょになったそこに、何度も濃い粘液を注ぎ込むのだ。

重が前からはしたない液を零すことができなくなっても。

苦しすぎて、感じすぎて、前は達けない。けれど、後ろだけで達ける。

その快楽の激しさは、重を絶頂の苦しさに追い上げた。達きたくないほどの絶頂…それは、つらく、…甘すぎる禁断の悦びだった。精を注がれる濃艶《のうえん》な悦びに、身体も心も溺れていく。被虐に彩られ、重はより美しく淫らに、不動の腕の中で咲く。

「ほら、…重」

「ん…っ…」

不動に言われ、重は恐る恐る肉茎に指を絡めた。掌で包み込むと、ず…っ…と上下させる。

「あ…」

すぐに声が零れ落ちた。不動は重の両脚を、押さえたままだ。Mの字に開脚させられ、その狭間に息づく大切な証を、重は何度も擦り上げる。不動の視線は、快楽を煽る媚薬だ。次第に、重の手の動きが、止まらなくなる。

「あ、あ…」

重の前で、不動は痴態を晒し続ける。肉音が、響く。恥ずかしいのは、前を弄っているだけなのに、後ろの孔もヒクつき始めることだ。

くちゅ…という音に、重は逸らしていた下肢に目を落とした。

(溢れてる……)

既に、先端は熱い蜜を零していた。それがだらだらと零れ、茎に滴り落ちる。それを茎に塗り込めれば、じゅん…と更に蜜が溢れてくる。

「あ、…っ…」

自慰をしながら、声が洩れる。こんなことは、不動に抱かれるまではなかったことだ。トイレで溜まったものをさっと処理するときも、軽い呻き声をあげることはあっても、こんなふうに、嬌声をあげることなどなかった……。

なのに、今は陰茎を握っているると、不動に抱かれているような錯覚を覚えて、そしてすっぽりと口腔に包まれている感覚を思い出して、…たまらなくなる。

射精感をつのらせ、重は啼いた。

「ああ、ああ…っ」

掌が止まらなくなる。くちゅくちゅという蜜を茎に塗りつける音が響く。後から後から溢れてくる。

(疼いて…たまらな…)

自慰だけでは収まらない火種が、身体の奥に生まれ始める。

夢中で手を上下させて、重は背をしならせた。その時、目の前にある顔が目に入る。

「あ!」

「何を今さら驚いてやがる? 重」

(俺は…不動さんの前で…)

分かっていても、忘れそうになっていた。今の自分は、がっちりと両膝を押さえられ、広げられたいやらしい姿で、しかも陰茎を勃たせているのだ……。

「本当にいやらしい奴だな。お前は。見られてる前でオナニーして、それでちゃんと勃たせてるんだからよ」

見られているのに萎縮することもなく、感じて勃たせている。

「お遊びはここまでだ、重。今度は俺をその気にさせる、自慰をしてみろ」

見せるための自慰…それを強要される。

今までは、重が気持ちよくなるための、単なる前戯《ぜんぎ》だったのだ。

「そんな…ゆる…して」

これ以上の辱めを受けたら、自分の身体はどうなってしまうか分からない。

だが、不動の重に対する責めは執拗だ。これ以上の快楽はないと思うのに、もっともっと、激しい快感を、教えられる。そして、不動によって一度絶頂を極め、性戯を教え込まれた身体は、欲望に対して底なしだ。

もっと恥ずかしく感じることをされる…。頭がぼうっとしてくる。

「駄目だ」

「っ…!」

拒否されても、重は強く、欲情している。

「蜜を胸に塗りつけて、派手に喘いでみろ」

不動が命じる。

「自分で出したもんだ。汚くはねえだろう?」

重は陰茎の先端の蜜を、指先ですくった。そ…っと胸へ指先を持っていく。

(あ、もう、尖ってる……)

重の胸の突起は、尖り始めていた。それは赤く淫猥に、光っている。そこに恐る恐る精液を塗りつける。

「あ…っ」

「派手に哭けと言ったはずだぞ、重」

不動に見せるための、自慰…。男を煽る痴態を本気で演じる、羞恥に身体が震える。けれど、奥底はそのあまりの淫らさにぞくりと疼くのだ。

「あ…」

重の瞳が潤む。重は胸を自ら揉んだ。そして、尖りに指先を絡め、押し潰し、挟み込む。するともう片方の手で握っている茎が、膨らむのが分かった。胸を弄るたびに、勃起に快感が電流のように流れ込んでいく……。

「あっ、ああ…っ、あ」

「俺の名を呼びながら、やれよ、重」

もう、手を止めることができない。

「不動さ…ん、あ、ああ」

「どうして欲しい？　俺がいない間、どうやって自分を慰めるか、教えてやるよ。こうやって俺の名を呼びながら、俺を欲しがれよ」

「は…っ、ああ、んっ、不動さ…欲し…っ…」

「それで？」

「いじって…あ、ああ」

ねだっても、不動は重のものを弄ってはくれない。

重は派手に啼きながら、不動をねだる言葉を吐いて身体をよじる。胸の尖りを女みたいに勃たせ、弄りまくり、陰茎を扱いて男の名を欲しがって呼ぶ…。高い声をあげて、自慰を披露する。

不動は存分に、重の痴態を眺めた。

(見られてる…)

自分のいやらしい姿を。それがどんどん重の欲情に、拍車を掛けるのだ。

「お前が本当に慰めたいのは、そこじゃねえだろう?」

完全に勃ち上がったまま、蜜は零すものの達けない重の陰茎から、不動が指先を外す。

「どこを慰めたいんだ? 本当は。重」

不動が重の指先を、後ろへと滑らせていく。

「や…っ」

(そんな…そこまで…っ)

後ろに指を突っ込み、…違和感や苦痛ではなく、感じる顔まで見せなければならないというのだろうか。

けれど、不動は容赦なかった。

ぐちゅ…っと重が蕾に指を突き入れると、既に濡れた音がした。茎からはしたなく零した蜜が、秘口に流れ込んでいたのだ。ぐちゅぐちゅとした肉音が響く。

「あ…、ん、ッ…不動、さ…っ」

後ろへの自慰に、目が眩むような快楽が訪れる。

今の自分は、胸と、男を受け入れる部分、そこを慰めている。

まるで、本当に女のようだった。陰茎を放っておいて、男を悦ばせる部分だけを弄り、魔悦の極みへと、自分を追い上げていく。

「は…っ」

いやらしげな息遣いとともに、花芯が綻んでいく。蜜が滴り、淫らな華は、男に挿入されるのを、待ち望んでいる。

(もう…っ)

重の身体が限界を訴える。目の前に抉ってくれる男がいるのに、彼は重に勃起を突き立ててはくれない。まだ、重を鑑賞して、楽しむつもりなのだ。

「ああ、ああ」

物欲しげに、花がヒクつく。不動がやっと、口を開いた。

「どうして欲しいんだ？　俺に素直に言えよ。その気にさせろと、言っただろう」

重は唾を飲み込む。狂おしいほどに身体が高まり、疼きまくり、もう、限界だった。

我慢できない。もう、この身体は、不動に抉られる喜びを知っている。

指では入り口だけしか、なぞることができない。重が求めているのは、最奥をガンガンと抉ってもらうことだ。力強く。容赦なく。力強い男の腰使いで。

好き放題に男に突きまくられ、すべてを捧げる。意志は捻じ伏せられ、ただの淫獣に貶められる。不動の前では、重はただの、抱かれるための人形になるのだ。

今まで生きてきたすべて、重の何もかもが、不動の肉棒を突き立てられるためにあるのだ。

「俺の…ここに…」

重は身体をくねらせながら、人差し指と中指で、中を見えるように広げた。そこは昨夜も不動が挟まっていた場所だ。赤くざくろのように熟《う》れて、男を誘っている。

そこに突き入れた男は、重の締めつけに満足して欲情を果たせるだろう。そして重も、中に入れられて、狂おしい快楽に突き落とされていく。

秘唇の中を見せつけるようにして、重は言った。

「不動さんの逞しいものを…入れて…ください…。そして存分に突いて…」

「…他の男は、そんなふうに誘うなよ」

不動がやっと、重に腕を伸ばすと、抱き締める。

頭を胸にしっかりと抱き込まれ、重は安堵の溜め息を洩らしながら、彼にしがみつく。

泣き出して、しまいそうだった。

不動が、抱いてくれる。抱き締めてくれる。求めていた腕を、やっと与えてくれる。

不動は重の身体をそっと…畳の上に横たえると、手早く着物を脱いだ。

不動が頼もしい裸体を晒していく様を、仰向けになりながら、重は見つめている…。

まるで、他人事《ひとごと》のような気がした。あの不動が、重を抱くために、衣服を脱いでいく。

不動はすぐに、重に身体を重ねてきた。

（熱い…不動さんの身体…）

ぴったりと、彼の身体が重なる。そして、両脚を広げられる。

重は口唇を噛み締めると、挿入の衝撃に耐える。

「あああっ！」

噛み締めは解かれ、嬌声が迸る。ぐっ、ぐっ、と力強い動きで、弾力のある媚肉を引き裂くように肉棒が掻き分け、重を支配していく。ズンズンと抽挿を秘筒に打ち込まれる。

「相変わらず小さい尻だな。よくこんなものを飲み込めるもんだ」

感心しながら、不動が重を激しく突き上げる。

——いい…っ…。

焦らされた後の責めは、重を淫靡すぎる快楽の淵に叩き込む。限界まで菊口を広げられる。その疼痛《とうつう》すら、既に甘い快楽に変わっていた。

「あッ、あッ、あッ」

逞しく力強い抽挿に、重は激しく声をあげさせられていた。肉竿が穿つ衝撃に、重の全身が痙攣したように突っ張る。灼熱の鉄の棒のように、相変わらず熱い。繋がっている部分が火傷しそうだ。熱いのに、入れられれば蕩けるような快楽で、重を啼かす。

焼けた鉄柱を叩き込まれ、中で掻き回される。グリグリと、不動が嵌めたまま腰全体を回して、重を感じさせる。媚肉の敏感な弱い部分を、不動は既に知っている。そこに先端が当たるように腰を蠢かされ、重は息も絶え絶えになる。

「ああ…っ、もう、やあ…っ…不動さ…」

「すごい締めつけだ。復習しろよ。忘れたのか？　男の締めつけ方」

「あう…っ」

「もっと腰を振れよ。そのほうが気持ちよくなる」

がっちりと男の剛直が、狭間に嵌《はま》り込んでいる。絶頂の波が、もう何度も重に押し寄せている。鉄のような肉柱が体内に埋まっている。卑猥な腰使いで、重は剛直を締めつける。媚肉を支配するのは、硬い男根だ。それが中を抉り、重を快楽という武器で完全に乱していく。

「ああ、あっ、もう、い、やああ…っ…！」

突き刺され、恍惚とした絶頂が訪れる。灼熱の性を最奥に放たれ、重は啼き、悶える。けれど泪に混ざるのは、重の快楽を極めたいやらしい表情だ。男に犯され、切なげに啜り泣けば、可憐な気配の混ざるそれに、不動のものが力を取り戻す。

そして存分に重をよがり狂わせた後、不動は翌日、重に家に戻る許可を、与えたのだった。


久しぶりに戻った仕事場を兼ねた家…それが、まるで、他人の家のように思える。家の中を見渡せば、懐かしさよりも、寂しさを覚えた。

自分が絵師を続けるのに応援してくれた不動、彼が今は、重を追い詰める。

室内の筆や刷毛《はけ》を、重は片づけた。これほど長く家に帰れないとは思わなかったから、何もかもが、出て行った時そのままだ。窓を開けて風を通し、絵の具を溶かす皿を洗った。電話や手紙の類をチェックする。届いていたファクスもあったが、それは重の身体を気遣う内容だった。

どうやら、病気…ということになっていたらしい。仕事の連絡は、不動が部下に命じてそつなくこなしていたようだ。一応、重が仕事を続ける配慮は、なされていたようだ。

留守電を解いた途端、電話が掛かってくる。

「はい…」

『重、久しぶりだな』

はっとして重は取り落としそうになった受話器を持ち上げる。

「景浦さん」

目が自然と険しくなるのが分かる。彼のせいで、重はいらぬ誤解を受け、不動に責め苦を味わわされたのだ。

『やっとあの家を、抜けられたそうじゃないか』

そうだ。景浦の部下、彼の働きによって、重は一度でも、不動の元を抜け出せたのだ。

その策を授けたのは、景浦だ。

『家に戻るより、俺に礼を言いに来るのが、まずは先じゃないか?』

含み笑いが耳障りだ。

『一度、俺のもとに挨拶に来い』

「分かっています」

重が不動の元を抜け出したのは、…逃げたかったからではない。

逃げたかったからでは、決して。

重は受話器を握り締める。不動の元を抜け出してから、ずっと考えていたことだ。

景浦から呼び出しがあるのは、…予想していた。そしてそれを重がどうとらえているか、景浦は知らないだろう。

『ほう？　さすがにあの男に愛想が尽きたか？』

あっさりと頷いた重に、景浦は弾んだ声を出す。

「さすがに、ね。あんたの言うとおり、俺のことなんて、はなっから信頼しちゃ、くれませんでしたよ。あんな人、こっちから願い下げです」

不動をあしざまに罵る。わざと。ある決意を悟らせないように。

不動の組に放っていた人間によって、重がどんな扱いを受けていたのか、景浦も報告を受けていたのだろう。

「そうだろうな。俺はお前が来るのを歓迎するぜ」

景浦は重の言葉を信じた。

「ですが、俺は…片づけを終えたらもう一度、不動さんの所に戻らなければならないことになってるんですが」

迷惑そうに、困りきったように、重は景浦に助けを求める。

三平ではない別の部下が、重をここまで送ってきた。そして彼は、重を戻すよう、不動の命令を受けている。たまった仕事を片づけることは必要だ。だが夜、必ず、不動の元に戻らなければならない。

『見張りでもついているのか？』

「はい」

『分かった。うちのところの強いのを二人、そっちに向かわせる』

「本当ですか？」

『今、残念ながら俺はお前の近くにいない。俺がお前のところに行くまで、守ってやろう』

「ええ」

今夜、不動の元には戻らなくてすむな、そう言うと、景浦は電話を切った。

重はその夜、どうしても描き上げなければならない友禅があるからと、必死で不動を説得した。

三日。それが不動が重に与えた猶予《ゆうよ》期間だった。

素直に重が景浦の元に行くと言ったせいか、景浦は手下に、重に手荒なことはしないよう、言い含めていたらしい。

重が仕事をしている間も、家から工房への往復も、彼らがぴったりと重の後をついてくる。何度か不動の部下が訪ねて来たが、重は帰らなかった。戻ると言った約束が二日経ち、三日経つ。三日目には、不動の部下も顔を現さなかった。

(諦めたのだろうか……)

だとしたら、あっけない終わり方だったと、重は自嘲する。

どうせ、裏切ったと思われているのだ。どうせ組に戻っても、重の居場所はない。

不動は重の裏切りを、許さなかった……。

重は筆で色を落とす。美しい華が咲いていく。

その図案は、父が最後に手がけた文様《もんよう》だ。いつか父を越える絵師になること、それはこの道を志した時に、重が抱いた夢でもあった。

そして、その図案を世に送り出すことができなかった父の無念を思った。そっくりの図案を出した絵師・美杉は、世にもてはやされているというのに。

そういえば高橋は以前、その美杉の元で修業をしていた…。

咽喉に込み上げる苦さを、重は飲み込んだ。

「よかったです。ずい分体調はよくなられたみたいですね。展示会に出された友禅、いつお返ししようかと、思っていたんですよ。虫でも湧いたら大変ですからね。これでも保管に気を遣ってるんですよ」

「申し訳ありません」

展示会の責任者から、重は友禅を受け取る。外部の人間の訪問は久しぶりだった。

景浦の部下たちも、堅気の人間ならばということで、部屋に通したらしい。

「お陰で評判がよくて。それ以外はすべて売れてしまいました。これは珍しいことですよ」

「本当ですか？」

「ええ。これは残りましたが、時期の問題で…。今は秋色のほうが、売れますから。ただ、これをご覧になったお嬢さんが、こんな柄を描くことができる人は、優しい人なんでしょうね、っておっしゃってましたよ。柔らかい筆遣いに優しい色を見ていると、ほっこりと胸が温かくなるからって」

嬉しそうに責任者は顔を綻ばせる。出展したのは二十点だ。その殆どが売れたというのは、確かに嬉しいし、昨今の時流からは珍しいことだ。

「それではまた…お仕事、お願いいたします」

彼は頭を下げて友禅を置いていく。

重は友禅を広げると、眼下に置いた。古風な柄の地が薄い水色の友禅だ。優しい花色を、絵師の優しい性質だと称した女性がいたことは嬉しいが、切なくもあった。

絵には人柄が出る。重の本質を優しいと感じる人がいるのも、重には驚きだ。

実際の自分は、そんなことはないと、思っていたから。

一度、黒のはっきりした柄の友禅を身に纏い、重は柱に縛りつけられた。

泣きそうな想いを抱きながら、重は快楽に貶められ、不動の腕の中で泣いた。

柔らかい花色を腕に抱き締めると、襖が開く。

はっと重は背後を振り返る。途端に、身体が震えるのが分かった。

「まだ戻ってこない。しかも外には景浦のところの手下が立ってる。これはどういうことだ？」

不動だ。

（もう、倒されたのか…）

もとより、不動に景浦の手下風情が敵うわけがないと思っている。でも、普通の不動の部下程度なら、追い返せる実力もあっただろう。

だが、自分のために、不動自らやってくるとは、思わなかった。

連れ戻しに来たのだろうか。いや、命令に従わなかったのが、許せなかっただけだろう。

重を必要で、取り戻しに来たのではない。

「どうして…」

「どうして、だと？　戻るといった約束を守らないのはお前のほうだろう？」

不動が当然のことだと、咎める。三日しか会っていなかったというのに、目の前に立つ男は相変わらず頼もしい魅力に溢れていた。

（あ……）

胸が、締めつけられそうな痛みを覚えた。

会いたかった。そうなのかもしれない。やはり、…重は彼に会いたかったのだ。

もう二度と会えないと思えば、胸が塞がる想いがしていた。

不動は重を裏切ったと思っている。それはこの数日間が証明している。

戻れば、囚《とら》われていた日々よりももっと、激しい制裁が加えられるかもしれない。

それでも、不動に会いたかった…そう思ってはっとなる。

景浦は重が不動の元に勝手に戻れば、不動を再び傷つけると言ったのだ。

どんな手段を使うか、分からない。なりふりかまわない卑怯な真似も、するかもしれない。

「景浦に守ってもらって、か」

不動が独りごちる。重の手元の友禅に視線が落ちる。綺麗な、色だ。

重は告げた。

「俺はもう…景浦さんの側の、人間ですから」

わざと、重は毒づく。ある決意を宿しながら。

不動は膝を折った。そして、重の両手首を掴む。

「本当に、そう思っているのか？」

「何を…っ⁉」

重は怯えた。まだ、自分の身体に、興味があるのだろうか。

「当然でしょう!?　あんなことを…俺にしておいて。裏切るなというほうが、間違っている」

「そうか？　あんなに俺の身体の下で、悦んでいたくせに」

「やめ…っ!!」

重の身体が床に押し倒されていく。冷たい顔で不動が重を見下ろしていた。

(嫌だ……)

逃げられない。恐ろしかった。身体が動かない。

「やめて下さい……」

「駄目だ。約束を破った三日分も、加えてやるよ」

震える身体が、開かれていく。


「いいもんがあるじゃねえか」

不動が己の帯を引き抜くと、重の腕を背後で縛り上げる。

既に重は一度、吐精させられていた。身体は不動の手に、敏感に反応してしまう。

乱れた不動の前から、さらしが覗いた。

「焦らされる方が、好みか？」

不動が傍《かたわ》らの絵筆を取る。絵筆が、重の肌の上を走った。

「や…っ！」

掃《は》くように、くすぐるように、筆が重の上を滑る。

「あ…！」

穂先が、重の胸の尖りに触れる。重が声を上げてしまうと、触れさせるか触れさせないかの微妙な位置で、焦らすように不動が筆先を蠢かす。

「こんなもんでも感じて…。暫く抱いてやってないからな。疼いてたまらねえんだろう？」

じわりと火照る身体を見下ろし、不動が言った。

確かに、重の身体はすぐに熱くなり、はしたない部分は疼き始めている。

不動に餓えていた。こうして、触ってもらえるのも。

筆でいたぶるように、不動が重の上を滑らせる。

「も…っ」

こんなふうに触れられるのはつらい。遊ばれて、弄ばれるように扱われるのは。

「や、めろ…！」

精一杯もがいた刹那《せつな》、帯が、外れた。

重は自分でも驚くほどの俊敏さで、立ち上がる。だが、すぐに膝が崩れた。それでも必死で立ち上がり、部屋から逃げ出そうとするが、背後から有無を言わせない命令が下される。

「戻れ」

条件反射のように、不動には逆らえなくなる。恐る恐る、立ったまま不動を振り返る。

「来い。抱いてやる」

「てめえが誰のもんか、じっくりと分からせてやる」

「いやだ…」

「やめてくれ…！」

「誰に向かってそんな口を聞いてる？」

びくんと重の肩が跳ねる。不動の冷たい双眸には、険悪な色が浮かんでいる。

それよりも、既に煽られていた身体は、どうしようもなく熱く疼いている。

不動の腕が、重の手首を握った。

「やめ…！」

身体を強く引き寄せられる。敷きっ放しの布団の上に、易々と身を転がされる。

「口じゃ分かんねえみたいだからな。たっぷりと思い知らせてやるよ」

さっさと着物の前をはだけられる。不動の熱い口唇が、重の胸の突起を含んだ。

途端に、重の陰部は勢いを取り戻す。

重の反応を見下ろし、不動がほくそえむ。

「お前は…俺なしじゃ、いられねえんだよ」

「いやだ…」

そんなのは、嫌だ。女みたいに。

だが、重の細い腕は不動の逞しい身体を、押し返せない。

シーツを握り締め、不動の蹂躙に耐える。女も…そして多分、男も抱き慣れた男の愛撫は巧みだった。胸を楽しむように弄り回した後、不動の長い指が、重の後ろを抉った。

「ひ、あああ！」

重は目を見開く。背を痛々しいほどにしならせて、指を受け入れる。

「そんなに嫌がるこた、ねえだろうが。こんなに柔らかくしておいて」

「あ、あ…」

侮蔑の言葉も、事実だと分かる。

重の襞が指を押し戻そうとしたのは一瞬で、奥を掻き回すように抉られた時は、まるで引き抜かないで欲しいと言いたげに、締めつけてみせたのだ。

「素直なのはここだけだな、お前は」

卑猥な嘲笑が、重の胸を詰まらせる。身体は正直だ。

――不動が好きだと、不動が欲しいと、…叫んでいる。

「毎晩熱くここを疼かせて、俺に抱いて欲しいって、ここに男のものを捻じ込んで欲しいって、思わせてやる」

「だ、れが…っ、あう…っ‼」

睨みつけた眼光は、切なく歪む。

「誰でもいいんだろう？　ここをこうして抉ってもらえれば。ずい分気持ちよさそうに、鳴いてるじゃねえか」

「あ、ひ…っ、…い、いや…、だ、あ…っ！」

誰でもいいわけじゃない。

ずっと。ずっと不動だけだ。

他の女を抱く不動のそばで、…心が泣いていた。

女たちに嫉妬していた。そして、その嬌声を聞かせる不動の無情さにも。

不動が無残な強引さでつらく当たるのは、重にだけだ。

「いや、か？　どこがだ？　ここをこんなに濡らしてちゃ、説得力がねえな」

嫌味っぽく言いながら、不動が勃ち上がった重のセックスを指先で弾いた。

固く膨らんだそこは、先端から蜜を零し、重の下腹をびしょびしょに濡らしている。

「ああ、や、や、あ…っ」

指先で弾いた後、不動は重の茎を扱き下ろしたのだ。

「ひゃ…っ、あ」

腰から下が、別の生き物になったみたいだった。自分の意志ではもう、制御できない。

重は熱く腰をくねらせる。

布団の上で腰をずり上がらせれば、不動によってすぐに身体の下に引き戻される。

「あ…っ」

重が逃げられないように、不動が己の身体を使って抑えつけた。

下肢に不動の逞しいものが当たる。それは力強い脈動を漲らせていた。

「あ、」

太く頼もしい感触に、ごくりと重の咽喉が鳴った。受け入れる瞬間はいつも、こんなに大きなものが入るのかと身構えるが、入ってしまえばそれは、重を甘く啼かせ続けるのだ。

持久力もあり、いつかは明け方まで、重を啼かせ続けた。組の部屋で抱かれた時、翌朝泣き腫らした顔で現れた重を見て、五郎たち組員は、困ったように目を逸らしたものだ。

この持ち物一つで、女も天下も取れそうだと、五郎たちが揶揄《やゆ》していたのを聞いたのは、いつだったか…。だが実際、これを捻じ込まれれば、重もよがり狂う。

「い、や…」

重は顔を何度も横に振った。着物は既に、乱れきっている。

頬に、長い髪がまとわりついた。

「女みたいにここを濡らして、…今さら何抵抗してやがる」

溢れた蜜は淡い茂みを濡らし、背後の秘められた場所に滴り落ちていた。指で散々柔らかく解された場所はふっくらと充血し、敏感になりすぎるほどに疼いている。

不動は前を扱きながら、後ろを抉るのを忘れなかった。

くちゅくちゅと指が蠢き、後ろへの刺激が重を狂わせる。

淫乱な媚態《びたい》を、不動の眼前に晒す。

満足気に、不動の目が細められた。後ろの刺激の強さに、達してしまいそうになる。

「もう、やめて…！」

官能の深さに、…溺れる。

「やめて、じゃねえだろう？　どうして欲しいんだ？　本当は」

「く…っ」

重は口唇を噛み締める。さもないと、淫らな願いを、口走ってしまいそうだった。

「仕方ねえな。それじゃ、言い方を変えてやる。どうすれば終わるか、馬鹿じゃねえなら分かるだろう？　苦しさが長引くだけだぜ？　俺をどうすれば、解放してもらえるんだ？」

それは、散々、身体に叩き込まれている。

不動を満足させれば、達かせれば、重は解放される。重の大切な部分を使ってもらうのだ。

「い、…」

この言葉を告げる時、重は強烈な羞恥を覚えた。だが、不動には逆らえない。

「入れて…お願いだから…っ」

「そうだ。お前は俺の身体の下で…喘いでいればいい」

太い先端が、重の中に潜り込む。

「あ、あ――――っ！」

内臓を引きずり出されるような、強烈な抽挿が始まる。

「ん、ん、い、や、あ、ああ…っ」

最初は媚薬の力を借りたが、今は違う。

太く固い物で、何度も肉を擦られれば、最奥がびりびりと痺れた。

深い官能にとらわれ、重は腰をいやらしくくねらせた。

不動が、中に入っている。指では届かない場所を、深く力強く突いている。

「あ、ん、あ…っ、や…、んん…っ」

「可愛く啼いてりゃ、優しくして、可愛がってやる」

ず…っ、ず…っ、と逞しいものが、中を蠢いている。

男に抱かれる快楽は、想像しえないほど淫靡で、…絶大だ。

一度知ってしまえば、その快楽が欲しくて、抱いてくれた相手に、逆らえなくなる。もののひと月も経たないうちに、重は不動に、男に抱かれるのに慣らされた。不動の女にされていく。女のうちの、一人に。襞を擦り上げられる場所から生まれる淫猥な痺れに、重は身悶える。

脈打ったものは、今までに更衣室などで見た男の誰よりも逞しく、激しい腰使いに重はただ喘いだ。

「あ、あっ…、あ」

挿入された部分が、蕩けて焼け爛《ただ》れてしまいそうだった。熱くて、たまらない。ぎりぎりまで引き抜かれては、力強く押し込まれる。

抜き差しの分かるぬちゃぬちゃという接合音も、重を煽る官能の道具になる。

もう、不動の身体を知らなかった頃を、思い出せない。

こうして身体を重ねて、ぴったりと肌を合わせる喜びを、知ってしまった。

引き返せない。本当はこの彫り物の施された背に、手を伸ばしてしまいたい。けれど、重の想いが、ためらわせる。今、ここで不動を抱き締めてしまえば、自分の本心を知られてしまう。

それでは何のために不動を裏切り、景浦のもとに走ったのか分からない。

「い、く…っ」

「いやらしくなったもんだな」

不動のせいだ。今、こうして抱かれてみると、子供の頃、初めて肌を重ねた時の不動の抱き方は、なんてやわだったのかと、重は思う。

充分に解されて、痛みも殆どなく、貫かれた。そして、翌日に負担が残るようなことはなく、悪い想い出にはならなかった。

男を怖がることもなかった。多分、そういうふうに抱くことなど、この男にはたやすい。だが今は、官能の淵に突き落とすように、貪り喰らい尽くすように、重を抱く。

——手加減されるより、ずっといい。

たとえ女にされても、手加減しなくてもいい対等な相手として、扱われているような気がするから。

激しく求めて欲しい。そして、誰よりも満足させたい。飽きられないように。

「あ、あ——っ」

ずっと開かれっぱなしの両脚の付け根が軋む。

「俺を中で達かせろよ」

数回強く、不動が腰を突き入れた。

「く…っ」

男の達するときの官能の声だ。重はそれを頭上で受け止める。淫靡で艶やかで、不動のその声を聞くのが、重は好きだった。取り繕った表情など取り去った、本気の男の顔が、見えるから。

体内を生温かい感触が広がる。放出される感覚に、ぶるりと身体を震わせる。肌が痙攣したかのように、小刻みに震えた。

「達きっぱなしだな。たっぷり、達けよ」

入ったものを締めつけたまま、重は達き続ける。前は蜜を零しっぱなしで、長く射精し続けた。後ろも男根を咥え込んだまま、不動を離さない。

「お前は、俺のもんだろう？」

重はそれでも、口をつぐんだ。不満げに、不動が重の両脚を再び抱え上げる。達したばかりだというのに、不動のものは力強さを取り戻していた。

「な…っ、もう。いつまで…っ」

「誰のもんか、忘れちまったみたいだからな。お前が思い出すまで、だ」

不動が重のこめかみに、掌を差し込む。すくい取るとさらりと、長い髪が零れた。

切ろうとしたのに、たまに弄ぶように、不動が重の髪を触るから。弄りながら触り心地を楽しむから。だから、切れなくなった。

「や…あ、あ…っ!!」

再び始まる律動《りつどう》に、重はよがり狂う。達したばかりの敏感な身体を責められて、重の身体はどこを触れられても、感じてしまう。

だが、どれほど責められても、ここで不動のものだと、言うわけにはいかない。

不動は知らなくていい。

重が、景浦の元に走ったのは、…不動のためだと…。

もう二度と、自分のせいで、不動を傷つけるような真似は、したくない。

重が心を明かさないほど、不動の責めは強くなる。それでも、重は耐える。不動のために。

不動を守りたい。命をかけても。

どれほど責められても。

悲しいほどの忠節を、理解されることはなくても。


「重、どうして景浦と繋がった?」

「……」

男根が引き抜かれた後、重はぐったりと床に横たわる。四肢に力が入らない。

「何か理由があるんだろう?」

「……」

不動が重の髪を、指先ですくった。するりと指を擦り抜けて髪が零れ落ちていく。身体を開かれても、それでも何も言わない重に、不動は何かを察したのだろうか。

「だんまりか。仕方ねえな」

不動がすっくと立ち上がる。重は着物を握り締め、不動に背を向けたままだ。

（え……）

襖が締まる。そして何も聞こえなくなる。

不動が、出て行ったのだ。重を連れ帰らずに。

…見捨てられたのだ。

（不動さ…）

思わず、身体が追いかけようとしてしまう。けれど、苛《さいな》まれ続けた身体は重くだるく、立ち上がりかけて重は膝を折る。とろりと冷たいものが、太腿を滴り落ちる感触があった。

「あ…」

不動の背中が見えなくなった場所を、重は何度も目で追う。

まだ、苛まれ、責められているほうがよかった。重を必要だとする感情が、残っていると思えるから。でもこれでは、もう重には何の感情も残っていないと、思い知らされるだけだ。

「う…っ…」

重は残された着物を握り締めて泣く。

追いかけられない身体を、もてあましながら。

いやだと抵抗しながら、無理やり身体を開かれるのは辛かったし、胸が痛んだけれど、それでも、強引に重を求める不動の力強さに、まだ救われていたのだと、重は初めて思った。

こんなふうにあっさりと捨て置かれるよりも。

縛りつけられ狂おしいほどの責め苦に焼かれても、不動は重を離そうとはしなかったから。

(でも…)

重は首をそっと振る。それでもそばにいられるかと問われれば、きっと否と答えただろう。

ただ、もう…無理だったのだ。自分の心は。

弄ぶように抱く彼のそばにいるのは。

乱れ汚された身体をそのままに、重は薄暗い部屋で嗚咽を殺した。


「いつもいい仕事をしてくださって、ありがとうございます」

問屋の責任者が、重が仕上げた友禅を引き取りに来る。

「…肥やしにならずに売れれば、いいですね」

手描きは量産化できる型押しに押され、あまりすぐ販売に結びつかない。

「絶対に、売れると思いますよ。いい絵ですから」

責任者は心からそう思うように告げる。

「今度の展覧会、出展してみてはいかがです?　美杉先生も久々に出展されるそうですが」

友禅界のある重鎮《じゅうちん》の名を出す。友禅を引き渡す重の動きが止まった。

忘れようとしても、忘れられない名だ。父を追い込み、極道の抗争に巻き込み…。

重は、美杉が景浦を使い、抗争に巻き込んだようにして父を殺した、そう思っている。

だが、証拠はない。唯一あるのは、父の残した友禅だ。

そして、当時の重では、美杉を追い詰める力もなかった。警察も味方はしてくれなかった。

復讐を考えるより、生きていくことで重は精一杯だった。そして、何より今の自分に生きることを一番に考えさせたのは、不動だ。重は友禅の絵師として技術を身につけ、充分に一人で生きる術《すべ》を持つ。過去だけにとらわれず、未来に生きていくものを、重は持っている。

「美杉先生は、最近新しいものは出されてませんからね。長くやってますから名前は通ってますが…。本当に美しくていいものを出されているのは、矢島さんのほうだと思いますよ」

「そんなことはないですよ」

重は素直に謙遜《けんそん》する。美杉は現状を打破するために、また大きな賞を取ることを狙っているらしいとも聞く。その裏で金を回しているとも、…他の絵師に出展しないよう言い含めているとも、…脅迫という手段を使ったりして。

どこまでも汚い男だ。

また、自分たち家族のような犠牲者が、出るのだろうか。一度極道を使う味をしめた者は、再びその手段を使う。美杉が繋がるのは、景浦のところだろう。

重は口唇を噛み締めた。

出先から景浦が戻り、重を呼び出したのは、その翌日だった。

重は素直に、景浦の元に向かった。ある、決意を宿して。

「時間が早くないか?」

「そうでしたか?」

重を出迎えるのは、景浦だ。重はそらとぼけてみせる。時間が早いのは承知だ。わざと間違えたふりをして、この時間に来たのは、訳がある。

「ちょっと待ってろよ」

景浦は重を奥の部屋へと連れていく。案の定、その更に奥の座敷に、人の気配があった。

(奥の部屋に辿り着くまで、二人、廊下の角に一人、か)

一瞬のうちに目を走らせ、人の配置を頭に叩き込む。

「手元に持ってるのは何だ?」

「調べてもいいですよ。武器じゃありません。…友禅です。この後、問屋に届けに行くので」

重は手元の風呂敷包みを、広げてみせる。

美しい色合いの友禅だ。しかも、まるで婚礼に使用されるかのような豪華さだ。

景浦は目を走らせると、重に風呂敷包みをしまわせた。武器ではないということが確認できたことと、たとえ武器を持っていたとしても、重には勝てるという自信があるからだろうか。深くは調べようとはしなかった。

景浦は重を畳の客間に座らせる。不動の元にもぐりこませていた男…彼からの報告で、重が本当に、心変わりをしたと、信じているらしい。

「また後で来る。素直なやつには俺は優しい男だぜ」

重の髪をすくうと、口唇を触れさせる。そしてそのまま部屋を出て行った。

重はほっと息をつく。優しい仕草を向けていても、やはり景浦はそれなりに迫力がある男だ。そばに寄られれば、身が縮むような思いを味わう。

仕事中に早急に重を求める必要もないと思ったのか、重は一人その場に残される。

夕刻、この時間、ある人物がここを訪れている。

景浦の会長に会うために。美杉老人がここを訪れている。もう二度と、あんな不幸を誰の身にも味わわせない。

そして、不動の身体を傷つけることを指示した景浦…それも、重は許せなかった。

二人一緒の時は、…今だ。

重はそ…っと部屋を抜け出した。手元に、風呂敷包みを抱えたまま。

客間まで辿り着くのは困難らしかったが、一度そこに通された特別な客が、重のいる場所より奥の座敷に向かうのは、容易だった。内部の人間にはガードも緩くなるらしい。

『それで、お願いしたいんですよ』

年配の男性の声がする。

『わかりました』

美杉の願いを引き受ける声は、さすがに貫禄がある。多分、景浦の会長だろう。

密談に相応しい場所で交わされる会話、彼らが洩らしたのは、前回が成功したという自信と、油断だ。

『以前のあれは、さすがに殺すのまでは、いきすぎでしたよ』

『ですが、そのお陰で、先生は茶道家元の婚礼に使われる衣装を、射止めることができたんじゃないですか』

重の顔が強張る。掌をぎゅ、と握り締めた。

父は、殺害されたのだ。抗争に巻き込まれた偶然ではなかったのだ……。

そのことが、はっきりと分かった。

そうではないかという疑惑を、ずっと抱いていた。最初は、疑惑の真相を突き止めたい、そう思っていた。でも。復讐めいた暗い気持ちに陥ることはなかった。

なぜだろうか。それは、多分。

不動がいたからだ。

不動のそばで自分は、…人を恨む気持ちを、抱くことはなかった。

つらくてもいつも、『自分が幸せになることを考えろ』、そんなふうに言ってくれたから。

今日、重がここに来たのも。不動の元を抜け出したのも……。

『ですので、今回はあの絵師を、出展できないようにしていただけるだけで、いいんですよ』

美杉が言った。また同じことを、彼はしようとしている。

重は襖を開いた。

「な…っ!!」

中で、老人と壮年の男性二人が、目を見開いた。


突然の訪問者に、美杉がうろたえる。

「誰だ？　お前は」

景浦の父である会長は、さすがだった。うろたえずに重の素性《すじょう》を問う。

重は手元の包みを広げ、目の前に晒した。ふわりと反物が広がる。

「この絵に見覚えは？　美杉さん」

重は訊いた。重が不動に抱かれる合間に完成させたものだ。

「これは…」

目を細め、美杉は柄を見る。絵を見ても、訳が分からないといった表情だ。

「これがどうしたというんだ？」

「この柄を見て、何か思い出しませんか？」

「思い出す？　どういう柄でもないじゃないか。これがどうしたんだ？」

もう、彼には記憶にもないのかもしれない。奪った図案など。

自分が心血を注いで考えた図案なら、覚えているのが当然だ。

重は自嘲めいた諦めの笑みを、口唇の端にのせた。

「覚えてないんですか？　茶道の家元の婚礼に用意したあなたの衣装と、同じ柄なのに」

美杉は逡巡していたが、思い当たったのか、はっと顔を強張らせる。

「覚えてないなんて、おかしいですね」

「だ、だからなんだというんだ？　お前、まさか…矢島の…」

その言葉が、すべてを表していた。思わず出てしまったのだろう。

この絵柄が矢島、つまり重の父が描いたものだということを、美杉は知っている。

その言葉が、すべてだった。

「そうです。あなたに殺された絵師の、息子ですよ」

重ははっきりと、殺された、と言った。美杉が青ざめる。

「い、いや、わしは知らん！　矢島なんて」

「往生際が悪いですよ」

す…っと重は目を細めた。

事実を知ることができれば、もうそれでよかった。

重は胸元に手を差し込む。大きな風呂敷包みを持てば、まずはそこに目がいく。そこに注意をひきつけておいて、別の場所に武器を仕込む。

重が胸元から取り出したのは、脇差《わきざし》だった。

不動の組にいる間に、三平に言って一つだけ調達したものだ。不動は重に、そういった類を、一切渡そうとはしなかったから。

重は膝を折ると、美杉の背後に回り込む。鞘《さや》から刀を抜き、がっと美杉の首に腕を回した。

「ぐう…っ」

美杉が苦しそうな声を上げる。

「二度とこんな真似をさせないように、景浦の会長に頼んだことを撤回しろ」

「わ、わかった」

重の迫力と、刃渡り二十センチもの刃を咽喉元に突きつけられ、恐ろしさのあまり美杉は萎縮する。所詮、雑魚だ。

重の狙いは別のところにある。

充分に震え上がり、美杉が不様《ぶざま》な醜態を晒した後、重は彼の身体を離した。

「ぎゃ…っ」

畳の上に、醜悪な身体が、引き倒される。

その姿に会長の意識が向いた瞬間を、重は見逃さなかった。

最初から彼に向かっていっても、勝てる相手だったかは疑わしい。

だが、美杉に注意を向けたことによって、会長は、重の狙いは己ではなく、美杉なのだと油断したらしい。

だから、重は会長の咽喉元に、刃先を突きたてることができた。

「俺はね、怒ってるんですよ」

刺さる寸前で止めれば、さすがの男も、動揺を見せた。

「な、何を…わしに」

「あんたの組にとっては、単なる思いつきだったのかもしれませんが…絵の具に麻薬を混ぜて流すなんて愚かな真似を」

重は静かに詰め寄る。

「抗争を仕掛ける口実にするのに、友禅の工房と不動の組、両方に繋がる俺に、麻薬の嫌疑が掛かるように仕向けるなんて。単なるダシに利用されるばかりでは、俺もつまらないんですよ」

重の壮絶な色気は、ある種恐ろしさを醸し出していた。

「しかも、俺の名前で不動さんを呼び出して、傷を付けた。やはりこういうのは、トップに責任を取ってもらわないとね」

落とし前をつけろ、そう、重は会長に言い募る。

不動の身体を傷つけた景浦の指示、それが重は何より許せなかった。

重が不動の元を抜け出したのは、不動から逃げたかったからではない。

ある決意、それは、不動の身体を傷つけた者に対する、制裁だ。

信じてもらえなくても、一度も、不動を裏切ったことはない。

悲しいほどの気持ちを、分かってはもらえなくても。

重は会長に刃物を突きつけたまま、彼の返答を待つ。

騒ぎを聞きつけたのか、外には三人ほどの部下が駆けつけていた。その中には、景浦の姿もあった。さすがに、彼の顔色も青ざめている。

「会長の代わりに、お前が落とし前を付けるか？　不動さんを傷つけたことに」

刃物を握り締めた途端、周囲が騒然とした。景浦が目を見開く。


恐ろしげな形相《ぎょうそう》で、不動が立っていた。重の手の中にあるものを見つけ、手首ごと捻り上げられる。そして、刃物はぐさりと畳に突き刺さった。

「やめるんだ！」

不動の怒号が響き渡る。

敵であるはずの会長に、重が刃物を突きたてることを、不動は許さなかった。

刃物を落とされたのは、重のほうだ。

「お前、なんで？」

驚きの声を上げたのは、景浦のほうだ。

父親が刃物を突きたてられているのに何もできず、会長の命を救ったのは敵であるはずの不動のほうだ。

なぜ、自分が刃物を振り落とされなければならないのか。

不動の背後には、彼を守る兵隊もいる。ここまで入り込んできたことからも、最高の兵隊を揃えて、乗り込んできたらしい。

不動が、どうして。重は信じられない思いで、目の前に立つ人物を見つめる。

不動は重の両腕を掴むと、一喝する。

「お前はそういうことをするな！　絶対に、人を傷つけるな！」

（あ……）

その言葉が、重の胸を突き刺す――。

「どうして…」

ここに？

「見張りをつけておいたに、決まっているだろう」

「え…？　そんな…、一度追い返したときから、誰もいなかったのに」

「お前に気づかれないよう、見張らせておいた」

重は目を見開く。

「そ、んなことを？」

見張りがいなくなったのは、自分を見捨てたからだ、そう思っていたのに。

あっさりと引き下がった、…それが、不動の自分に対する気持ちなのだと思っていたのに。

見捨てたわけではなかった…？

「なんで、そんなことを…？」

見捨てずに、そして、…追い返してもまだ、見張りをつけておくなんて。そして。

こんなふうに、…現れるなんて。

会長は、あてがわれた刃物が離れると、慌てて重から離れた。

本来なら助けを呼び、逆に制裁を仕掛けるところだ。しかし、現れたのが不動であっても、刃物を落としたことから、自分を傷つけるのではないと思ったらしい。

成り行きを放置したまま、奥の部屋へと逃げていく。

「景浦が俺の所に手下を潜り込ませていたように、俺もここに手下を潜り込ませていた」

言いながら、不動がぎろりと背後を睨む。そこにはまだ、景浦が残っている。

不動に気づかれていたかと、景浦が肩を竦める。

「お前には後で、重にしたことの落とし前をつけてやる」

そう言ったとき、本気の殺気が漲ったような気がした。

自分の陣地にいるはずの景浦の顔色が、さすがに青ざめる。

「俺は重を取り返しに来ただけだ。お前が手を出さなければ、大人しく今日は帰ってやるよ」

不動が言うと、景浦は後退さる。父を傷つけなかったことからも、不動の言葉を信じたほうが得策だと思ったらしい。

背を向ける景浦を、不動は深追いはしなかった。

「重、お前が何かを企んでいるのは、分かっていた。一度決意すると、お前はてこでも動かないからな、昔から。だから、最初から泳がせていた」

不動が言った。自分の行動はすべて、不動の知るところだったのか…？

「どうしてそんなことをする必要が…？」

「最初は美杉…、そいつへの復讐でも企んでいるかと思ったが」

「知ってたんですか!?」

重が驚く番だ。

「お前の父親の事件、…俺は知っていた。お前が、最初俺のそばにいることを選んだのは、…事件の真相を知りたいからだということも。だから、俺はお前を、…近づけさせなかった」

「どうして…」

「復讐なんてものに、お前を染まらせたくはなかったからだ」

「…っ！」

『お前は自分の幸せを考えろ』、不動はいつもそう言っていた。

それは…。

「人を憎むこと、傷つけること、そんなものに時間を割くなど、もったいないことだ。お前には友禅の絵師としての未来がある。お前は自分が幸せになることだけ、考えていればいいんだよ。極道に入ろうなんて、考えずにな」

その言葉を、久しぶりに聞いた気がした。『幸せになれ』、不動はいつもそう言っていた。

（まさか…）

重を構成員として認めようとしなかったのは、もしかして。

『お前は、人を傷つけるな。絶対にそういう真似はするな！』

重から刀を奪ったとき、不動はそう言った。

不動は本気で重を怒っていた。そして、その瞳には何より、心配げな気持ちが仄《ほの》見えた。

心から、自分を心配してくれている。

『お前はそういうことをするな。絶対に、人を傷つけるな』

その言葉は…。

理解するより先に、胸が震えた。なぜ、眦が熱くなるのだろう。

「あ…」

重の身体が不動の胸に抱き込まれる。

「お前だけは、…絶対に」

きつく、強く、不動が重を抱き締める。

もしかして、不動は……。

「お前は、極道に染まらせたくなかった」

苦しげに、不動が呟く。やはり、そうなのだ。

不動の表面しか、自分は見ていなかった。彼はもっと深い部分で、重を心配してくれていたのだ。構成員にしてもらえないことで、信頼されていないと、思い込んで……。

だから、重は本当のことを、言えなかった。

景浦に襲われて濡れ衣を着せられた時も、信頼されていないと思ったから…口をつぐんだ。その後に、不動に犯されることになっても。その意地は、不動に信じてもらえないと、思っていたからだ。

ずっと、重を抱かなかったくせに。六年も、だ。

だから、重を必要としていないのだと、思ったのに。

「なのに。こんなに大切に、大切にしてきたのに。景浦の跡をつけて帰ってきやがって」

「っ‼」

「ずっと我慢してきてやったのによ。お前の身体は俺が仕込んだからな。大切にしていても疼くことでもあったのかと、…だから俺が抱かないで大切にしていても、他の男に抱かれたくなったのかと、自分の仕打ちも呪ったよ」

「不動さん…」

重の顔が赤く染まる。

「気が狂いそうになった。ずっと大切にしてきた宝を、あんな景浦みたいな男にかっさらわれて。しかもお前は、いくら俺が訊ねてもだんまりだ」

「俺が、裏切ったとは思わなかったんですか…？」

「裏切るなんて思っちゃいない。だが、お前は何も言わない。俺をそんなに信じちゃいなかったのかと、それが腹立たしくてたまらなかった。だから、抱いた」

あれほどに、…強く。激しく。

「一度抱けば、我慢していた分、たまらなくなった。一体どれほど、お前の身体に触れていなかったと思ってる」

「それは…」

「お前は何も本当のことを言わない。それでも、俺はお前を手離すつもりはなかった」

(っ…!!)

「どうしてそこまで…」

「そこまで?」

不動は周囲の目も、部下の目も気にせず、重の口唇を奪う。

「ん…っ」

重は目を見開きながら、それを受け入れる。

「お前は、俺だけの、ものだ。昔から、そしてこれからも」

まだ理解できないでいる重に苦々しげに告げる。けれど、力強い言葉だった。

とっくに自分は不動のものなのに。

「俺は…不動さんのものなのに」

顔を見上げながら、重は言った。

不動のこの言葉があれば、これから先、何があっても生きていける。

不動には大切なものがいっぱいある。組長の息子や、組員たち、彼には重よりも優先しなければならないものが、沢山あるのだ。実際、それらを、彼は優先してきた。

そう思っていたのに。

「…誰よりも、お前を大切にしてきたのに」

不動はそう言って、重を抱き締めるのだ。

「…愛してる」

その言葉を、重は目を見開きながら聞いた。


重の仕事場…。そこには、賞を取ったばかりの友禅が、掛けられている。

見事な出来ばえに、不動が重を祝ってくれた。

重が乗り込む前から美杉は出展していたが、何の賞にも入らないどころか、散々な評価を得ていた。引退したものの、別の場所からも彼の卑怯なやり口は、伝わっていたらしい。もう二度と友禅の世界には戻れないだろうと言われている。

だがもう美杉のことなど、どうでもよかった。景浦の会長が捕まるのも、時間の問題だと噂されている。不動がそう仕向けたからだ。だが、不動はそれらのことを、重に知らせようとはしない。

それよりもこれから重が幸せになること、…そればかりに、不動は心を砕いてくれている。

別の場所で祝いの膳についた後、こうして二人きり、誰の邪魔も入らない場所で、不動は重の膝に頭を乗せる。重は不動の耳に、竹の細工で耳を掻く。

こんなふうに、まるで本当の恋人…のような行為を二人で始めるのに、まだ重は慣れない。

「俺を抱かなくなったから…厭《あ》きたのかと思ってました。組にも入れてくれなかったですし」

不動の行為を、冷たいと重は思っていた。

でもそれは、誤解だったのだ。不動がわざと冷たくすげない態度を取っていたのも、重を……極道に染まらせたくはなかったから。仲行と重が二人、怪我をした時に、仲行を守れなかったと重を叱りつけたのも、重に極道に入るのを諦めさせようとしていたから。

そのほうがずっと強い本気の想いだ。不動の意志の強さがなければなしえなかったことだ。

景浦の元から帰った後、重と不動は色々なことを話すようになった。

そばにいたのに、何も伝えられなかったことを、すべて。

重が景浦の元に向かったのは、不動を傷つけた景浦が、許せなかったから。

それほどに強く、重が不動を想っていた気持ちも、すべて不動に知られてしまった。

もう、気持ちを抑えつける必要はない。

一度本当のことを告げてしまえば、後は言葉が溢れてくる。二人の間の気持ちを、確かめ合い、繋げる。

「まだ何も知らなかったお前を、俺は奪った。お前が俺を慕ってくれる気持ちが、…俺と同じなのだとは、思わなかった」

そう、不動が告げる。

もうそれは昔の誤解を解くだけの言葉で、何もかもが二人の結びつきを深める睦言《むつごと》になる。

不動は暫く、重の膝に頭を預けていた。不動は最初から、重に無防備な姿を晒す。信頼を預けてくれる。なのに一度とはいえ疑ってしまったのは、重のほうだ。

「妹のために入院費を稼ぐ…そんなお前を俺は、踏みにじった」

たまに悔しそうに、不動が顔を歪める。

「お前をもっと、…大切にしてやりたかった。俺はずっと後悔していたんだぜ」

「……俺は」

重は頬を染めながら、彼の整った顔を見つめる。自分の胸を焦がす衝動に、つける名前を押し隠してきたけれども、認めるのが怖かっただけで、最初から彼が…。

「…抱いて欲しかった、です」

彼が自分に振り向いてくれる日が来るなどと思わなかった。

「あ。…っ」

暫くすると、不動が身体を起こし、逆に重の身体を己の下に組み敷く。

何より、いとおしげなものを見る目つきで、不動が自分を見下ろしている。

自分が想う気持ちよりずっと、もしかしたら不動のほうが、自分を…。

大切にするあまり、重をそばにおいて、見守って…。

泣きそうになる。

不動の身体が熱く重なってくる。

重は彼の背に、腕を回す。

抱き合う……。

うっとりと、重は目を閉じる。

甘く蕩けるような快楽が、彼の腕の中で訪れる。重は素直に、彼に向かって足を開いた。恥ずかしいけれども、重の蕾は、不動のものなのだ。不動は重のすべてを、好きに扱っていい。不動はその権利を持っている。

「抱いてもいいか？」

「…はい」

もう、我を張らなくても、意地を張らなくても、いい。気持ちを誤魔化さなくても、悲しく思わなくてもいい。ただひたすらに、彼に与えられる愛撫を甘受し、重は甘く身体を震わせるだけでいいのだ。最初から、この身体は…不動しか知らない。不動だけだ。昔から。

『お前は、人を傷つけるな』

極道のそばにいたのに、不動は重を、真っ当な光の元にいられるようにした。

重は絵師として脚光を浴びている。不動の深い想いを、重はやっと知る。

最初出会った時、不動は重を極道に近づけようとはしなかった。

それは、彼のそばにいれば、襲われるようなこともあるから。

だからなるべく、二人の関係を気づかれないように、していたのだ。

不動が重を極道に近づけたのは、重が襲われそうになったからだ。そばにいたほうが安全だと、判断したからだ。

そして今、不動は重を二度と組に近づけようとはしなかった。不動は重の元に通ってきている。

重に友禅の絵師としての未来も、不動は与えてくれた。

極道としての未来ではなく。人を喜ばすことができる仕事に携われる、未来を。

着物が、剥ぎ取られていく。脚を開けば、大切な蕾を、不動が散らす。

「あ…っ…！」

畳の上に、長い髪が散らばる。…不動が綺麗だと言ってくれたから。…切れなくて。

そして今も、不動は重の髪をたまに、気持ち良さそうに弄ぶ時がある。

「あ、ん…んっ、不動さ…っ、ああ、…っ」

体内を擦り上げる剛直を、重は何度も受け止める。

「誰よりも何よりも大切に…してやるよ」

まるで、宝物のように。そして、…幸せに。

大切なものを誰の目にも触れさせたくない、そんな独占欲を迸らせながら、不動が重の口唇を、獰猛《どうもう》に奪った。

「行ってくる」

「行ってらっしゃいませ」

不動が告げれば、皆が頭を下げる。

不動の姿が見えなくなった後、入ったばかりの若い衆が囁く。

「よくこうして、出かけられることがありますよね。行き先も告げられずに。一体どちらにいらしてるんですかね？」

「…そりゃ、お前」

精悍な顔つきをした若者が、言った。

「ものすごく大切な人が、組長にはいるらしいよ」

「だったらこちらに連れていらっしゃればいいのに」

「誰の目にも、触れさせたくないんだと」

「ずい分愛されてますね」

そんな会話が交わされていることなど、夜毎熱く身体を絡み合わせ、睦み合う二人の耳には入らなかった。

了

あとがき

皆様こんにちは、あすま理彩《りさい》です。このたびは「紅蓮の華」を手に取っていただきまして、ありがとうございます。極道の組長である攻めと、友禅の絵師である受け、手描き友禅という優美で華麗な世界をエッセンスに、父の仇を巡るドラマティックなラブストーリーを目指しました。攻めの不動《ふどう》さんは力強く逞しく頼もしい男性で、とにかく、男の人の持つ力、というものを前面に押し出してみました。重《かさね》さんは優美でありながら芯は強い、まるで大和撫子（笑）のような、けれど決して女性らしさはなく、男性としての気概をしっかり持った人です。お互いに守るものがあるからこそ強くなる…そんな人同士のぶつかり合いは、どのような恋情を生み出すのか、私もはらはらしながら執筆しておりました。以前から着物は好きで、友禅の、しかも絵師という世界を舞台にした作品を描いてみたいと思っていたのですが、着物は女の情念が入る衣装です。情念…そういうものを考えたとき、受けの相手はいつの間にか、極道になってしまいました。着物の持つ華麗さと優美さ、そして代々受け継がれる想い、情念のこもる世界を強く描きたいと思えば、勢い浪漫のシーンも力がこもります。普段の私をご存知の方は、驚かれたのではないでしょうか。ですが、たまにはこういう面をお見せしてもいいのかなと思います。今後も様々な私をお見せしていきたいと思っています。読者の皆様を驚かせること…それは私の大好きなことです。

さて、今回華麗なイラストを付けてくださった一馬友巳《かずまともみ》先生、本当にありがとうございました。一馬先生のイラストをいただける、それがどれほど私の執筆の励みになったか分かりません。やはり今回新しい自分を出していくこと、それに挑戦するにあたり、どうしても時間がかかってしまい、ご迷惑をお掛けしたことを、心よりお詫び申し上げます。

せめて今作品がどれほど力作であるかで誠意をお見せしようとしましたら、約350Pほどになってしまい、必死で削る羽目に。ですが、読み応えがたっぷりある作品に、仕上がったのではないかと思っております。私は基本的に一度描いたキャラクターと別れるのを、とてもつらいと思うタイプです。いつまでも付き合っていきたい…そんな気持ちに、皆様からも応援いただけますと、嬉しく思います。

担当様、いつも本当にありがとうございます。イベントで執筆のお誘いを頂いたときが出会いでしたが、投稿からデビューさせてもらい、お願いしてやっと出版していただける日々を過ごしていた私にとって、いつか出版社様から依頼を受けてお仕事をする…一度でいいからスカウトされてみたい、…それは大きな夢でした。恥ずかしながら打ち明けますと…帰宅後、テーブルの上に担当様の名刺を置いてそれを見つめながら、これでやっとプロのはしくれになったのかもしれないと胸が熱くなり、感激に泣いたことを覚えています。精一杯頑張りますね。

出版社の皆様に心から感謝を込めて。そして、読者の皆様に愛を込めて。

あすま理彩

← 着物姿が多かったので
黒スーツな重さん。

はじめまして。この度はありがとうございました☺
ちょっと不器用な二人でしたが、
気持ちが通じあえてよかったです♥

資料で見た友禅はきれいで、職人さんの仕事に感動しました。
…本枚の着物絵、すみません…しししし ああ。

2006.9.　一馬友巳。

KAIOHSHA ガッシュ文庫

紅蓮の華
（書き下ろし）

紅蓮の華
2006年11月10日初版第一刷発行

著　者■あすま理彩
発行人■角谷　治
発行所■株式会社 海王社
〒102-8405
東京都千代田区一番町29-6
TEL.03(3222)5119(編集部)
TEL.03(3222)3744(出版営業部)
印　刷■図書印刷株式会社
ISBN4-87724-547-2

あすま理彩先生・一馬友巳先生へのご感想・ファンレターは
〒102-8405 東京都千代田区一番町29-6
(株)海王社 ガッシュ文庫編集部気付でお送り下さい。